아멜리아 네 개의 보석

아멜리아

네 개의 보석

차 례

1장 죽음 · 7

2장 네 개의 보석 · 65

3장 비밀 · 129

4장 흑마법 · 177

5장 이별 · 235

기획 후기 · 298

1장

죽음

죽음

아름이 세상을 떠났다.

그냥 말 그대로다. 송아름은 이 세상에 없다.

송아름, 김민규, 이봄, 서지연, 이현우, 이 다섯 명은 아멜리아 마법 학교에 같이 다니는 친구들이다.

아멜리아는 세계 마법 연맹 소속이며 한국에서 유일한 마법 학교다. 아멜리아에 다니는 아이들은 그런 마법 학교에 다닌다는 것에 무한한 자부심을 가지고 있다. 특히 아름이는 아멜리아를 무척 사랑하고 마법을 사랑하며 누구보다 학교생활을 성실하게 하던 아이다.

믿을 수 없지만 아름이가 죽었다. 갑자기 죽은 것이다.

아름이는 누가 봐도 밝고 긍정적이며 사랑스러운 아이였다. 아름이와 친구라는 것이 자랑스러울 정도였다. 그런 아름이가 죽었다. 도대체 이 사실을 믿을 사람이 몇 명이나 되겠는가.

싸가지 없는 김민규, 수다스러운 이봄, 조용한 서지연, 그리고 잘 웃는 이현우.

전혀 공통점이 없는 아이들이 친해지고, 같이 다니게 된 가장 큰 이유는 아름이 덕이다. 아마 아름이가 아니었다면 이 네 명은 서로 말 한마디 해 보지 않았을 것이다.

아름이를 제일 먼저 발견한 게 바로 현우였다.

아름이가 죽기 전날 12시 30분.

현우는 평소보다 늦은 시간에 침대에 누웠다. 잠이 들 무렵 갑자기 과제를 두고 온 게 생각났다. 재밌게 놀고 행복한 기분으로 침대에 누웠는데 과제라니. 과제를 조금이라도 했다면 상관없지만 하나도 하지 않았다. 평소와 같은 시간에 등교하면 분명히 과제를 다 하지 못할 것 같았다. 그 과제는 마법 능력을 위해 꼭 해야 하는 과제였다.

"에잇, 과제를 하려면 학교에 일찍 가야겠군. 내일 6시에 좀 깨워줘."

현우는 마법 지팡이에 오전 6시에 깨워달라고 속삭였다.

오전 6시.

마법 지팡이가 현우의 코를 간질였다. 마법 지팡이는 항상 현우가 상상하지 못한 다른 방법으로 현우를 깨웠다. 그래서 항상 마법 지팡이에 대응하지 못하고 속수무책으로 당했다. 오늘은 마법 지팡이가 현우의 손에 닿지 않도록 멀리서 조심스럽게 코를 간질인 것이다. 큰 소리로 재채기하며 일어난 현우는 코를 긁적였다.

마법 지팡이 덕에 현우는 6시에 일어났다. 어제 늦게 잠든 탓에 살짝 피곤했다. 하지만 학교에 일찍 등교한다고 생각하니 모범생 같은 느낌이라 기분이 살짝 좋았다. 아침은 패스한 채, 교복을 입고 학교로 향했다.

아멜리아는 마법 학교이긴 하지만 아직 아이들이 마법을 잘 사용하지 못했고, 성인 마법사가 된 뒤에는 마법을 사용하지 못하는 사람들과 어울려 살아야 했다. 그래서 학생들은 수업 시간에만 마법을 사용한다는 교칙이 있었다. 대부분 아이는 등교할 때 마법 능력을 사용하지 않았다. 현우도 마찬가지였다. 현우는 휘파람을 불며 집을 나와 학교로 향했다.

오전 6시 45분.

역시. 너무 이른 시간이었다. 아직 교문도 열려 있지 않았다. 현우는 닫혀 있는 교문을 어떻게 통과할지 고민했다. 마법을 사용하지 않고는 그냥 들어갈 수 없을 것 같았다.

'나쁜 짓을 하는 데 마법을 사용하긴 싫은데….'

중얼거리며 몸이 가벼워지는 마법 주문을 사용했다. 어디든 날아갈 수 있을 만큼 현우의 몸이 가벼워졌다. 현우는 깃털같이 가벼워진 몸으로 담을 넘었다. 모래바람이 학교 운동장을 날아다니다 현우를 발견했다. 심심했던 모래바람은 반가운 듯 현우 가까이 왔다. 현우는 인상을 쓰며 모래바람을 보고 손을 내저었다. 모래바람이 잠깐 주춤하더니 다른 곳으로 휙 날아가 버렸다. 그 바람에 바지에 모래가 약간 묻었다. 더러운 것을 질색하는 현우는 모래를 털면서 건물 쪽으로 걸어갔다.

모래바람 말고 담을 넘은 걸 본 사람은 없겠지. 두리번거리며 걷던 현우는 뭔가를 발견했다.

이 시간에 학교에 뭐지? 자세히 보았다. 그 이상한 물체는 사람이었다. 사람이 바닥에 누워 있는 것 같았다. 사람이 이 시간에 왜 저기에 누워 있지? 도움이 필요한가? 현우는 그 사람에게 다가갔다.

현우는 그 일을 떠올리며 그 당시 나름의 정의감 비슷한 것이 있었던 것 같다고 했다.

아. 이렇게 트라우마가 남는 정의감이 어디 있을까? 그런 어쭙잖은 정의감은 차라리 없었어야 했는데.

현우는 그때의 기억이 떠오를 때마다 괴로워했다.

내가 과거로 돌아간다면 그때의 나를 말리고 싶다. 과제를 못 한다고 하더라도 그 시간에 학교에 가지 말았어야 했다. 아니, 그 물체에 가까이 가지 말았어야 했다. 괜한 정의감을 가져서는 안 됐다.

그랬다면 그런 충격적인 장면을 보지 않았을 텐데.

현우는 그 사람에게 다가가는 순간 주저앉고 말았다. 처음에는 학교 안에 쓰러져 있는 사람이 강한 마법의 힘에 취한 사람이거나 도움이 필요한, 자신이 모르는 사람일 것으로 생각했다. 그래서 그 사람을 도와야겠다고 생각한 것이다.

그런데 그 사람은 다른 사람이 아닌 소중한 친구 아름이었다. 그것도 피투성이의 아름이.

누가 알았다면 미리 말 좀 해주지.

우웩.

아무것도 먹지 않은 빈속이었지만 피투성이가 된 아름이를 본 현우는 구역질이 났다. 구역질이 멈추지 않았고 위액까지 다 토하고서야 겨우 구역질이 멈췄다. 평소 침착한 현우였지만 뭘 어떻게 해야 할지 아무 생각이 나지 않았다. 머릿속이 텅 비어버린 것 같았다.

현우의 가방 바깥 주머니에서 지켜보고 있던 마법 지팡이가 충격에서 벗어나지 못한 현우 대신 경찰을 불렀다.

김민규와 송아름

오늘은 마법 고사 마지막 날, 아멜리아 마법 학교는 한 해에 총 2번의 마법 고사를 친다.

마법 고사는 총 5일에 걸쳐 치는데, 아멜리아 학생들에게는 굉장히 중요한 시험이다. 마법 고사를 잘 치면 우수한 성적으로 학교를 졸업하고, 이후 마법부에서 일하게 될 가능성이 크다.

마법부는 다른 곳보다 연봉도 높고, 마법 능력을 인정받는 것이라 아멜리아 마법 학교에 다니는 학생이라면 누구나 꿈꾸는 선망의 자리였다.

누구보다 좋은 성적이 간절한 민규는 겉으로 드러내지는 않았지만, 얼마나 긴장했는지 숨이 잘 쉬어지지 않았다. 민규 부모님은 민규의 마법 고사 성적에 굉장히 관심이 많았다. 무엇보다 마법 고사를 망치면 쫓겨날 수도 있을 정도로 엄한 분들이다. 실제로 최상위권의 성적을 받아오길 바라는 부모님께 중하위권인 성적표를 가져갔다가 집에서 쫓겨난 적도 있었다.

그래서 민규는 항상 시험 때마다 엄청난 압박을 느꼈다. 이를 악물고 공부했지만, 성적이 잘 나오지 않았다. 항상 쉴 틈 없이 공부만 했다. 머릿속이 복잡한 탓에 다른 아이들을 바라볼 때 표정도 그리 좋지 않았다. 항상 지쳐있는 민규에게는 자신을 위로해줄 친구도, 같이 수다 떨 친구도 없었다. 게다가 민규 부모님의 스펙은 민규와 다른 아이들의 거리를 더욱 멀게 만들었다. 민규 역시 다른 생각할 여유가 없었다.

그렇게 일 년이 지나 다음 학년이 되었고, 민규는 이번 시험을 위해 약 두 달간 최선을 다해 공부했다. 새벽까지 공부하다가 몇 번이나 코피가 터지기도 했다. 하지만 역시 지난 마법 고사의 점수는 바닥이었다. 마지막까지 최선을 다하려고 애썼지만, 민규의 머릿속은 부담감으로 새하얘졌다.

이번 시험도 망쳤다. 욕심을 너무 부려서 오히려 더 망친 것 같았다. 민규는 자신에게 화도 나고 또 집에서 쫓겨날 생각에 머릿속이 엉망진창이 되었다. 끝도 없이 침울한 바닷속으로 가라앉는 것 같았다.

시험이 끝나 다른 아이들은 놀러 갈 계획을 세우느라 한창이었고, 교실은 어느 때보다 시끌벅적했다. 마법 식물을 공부하기 위해 마법 정원으로 가는 길이었다. 머릿속이 복잡한 민규가 바닥만 보며 걷고 있었다.

그때 뛰어오던 서우가 민규와 부딪쳤다.

"아! 뭐야? 조심 좀 하라고!"

민규는 인상을 쓰며 큰소리쳤다.

"미안해."

"미안하면 다야? 왜 가만히 있는 사람을 건드리냐고!"

"미안하다고 했잖아. 어쩌라고!"

민규와 서우의 분위기가 심상치 않았다. 자칫하면 복도에서 싸움이라도 일어날 것 같았다. 갑자기 옆에 있던 재원이가 두 사람 사이에 끼어들면서 "미안하다잖아. 에이~. 민규네가 한 번 이해해주라."라고 하며 서우를 다른 곳으로 끌고갔다.

"이거 봐. 사과하는데도 나한테 시비잖아."

"재 김민규야. 괜히 싸우지 마. 너만 마음고생해."

"아, 쟤가 김민규야? 난 쟤 좀….″

두 사람은 민규와 멀어지면서 민규 이야기를 하기 시작했다.

'쳇, 안 들리게 이야기하든지. 이것들아, 다 들리거든. 누군자기들이 좋은 줄 아나?'

민규는 빠른 걸음으로 그 자리를 벗어났다.

뚱한 표정과 항상 날이 서 있는 느낌.

학교에서 누구와도 마음을 터놓고 대화하지 않는 김민규. 초등학교 때부터 늘 그랬다. 학교 마치고 나면 늘 학교 앞에는 민규를 기다리는 커다란 차가 있었다. 항상 그 차를 타고 집으로 갔다. 그 덕에 민규는 다른 아이들과 이야기할 기회도 없었다.

"오늘 점심은 토마토를 듬뿍 넣은 샌드위치래. 뜨거운 우유랑."

"으. 나 토마토 싫어하는데."

"그럼 토마토는 나 주라."

"좋아, 그럼 우유는 나한테 줘."

점심시간.

아이들은 신나게 조잘거리며 점심을 먹으러 갔다. 민규를 챙겨주는 아이는 없었다. 민규 혼자 교실에 덩그러니 남았다.

늘 그랬다. 항상 집에서 근사하게 음식을 차려 먹기에 이까짓 점심 따위 한 끼 건너뛰어도 상관없었다.

"시시해."

오늘도 점심은 건너뛸 생각이었다.

식사 대신 점심시간마다 가는 민규만의 비밀 장소가 있었다. 그곳에 가면 조용히 생각도 할 수 있고, 마음의 위안도 얻을 수 있었다.

그곳은 바로 마법 정원이었다.

마법 정원은 특이한 마법 식물이 많아 아이들이 굳이 가려 하지 않는 곳이다. 자칫 잘못 건드렸다가 마법 식물에 해코지당할지도 몰랐기 때문이다.

오히려 민규는 그곳이 조용해서 마음에 들었다. 그곳에 가면 다른 사람의 방해를 받거나 듣기 싫은 소리를 듣지 않아도 되었다.

민규는 그중에서도 아이들이 제일 싫어하는 특히 고약한 마법 식물들이 많은 곳 가까이 앉았다. 여기라면 누구도 오려고 하지 않을 것이다.

"정말 시시하다. 초등학교 때부터 쭉 생각했던 거지만 진짜 학교는 시시해."

민규가 혼잣말했다.

아무도 없어서 마음속의 말을 더 크게 할 수 있었다.

"아~~ 시시해. 이따위 학교, 왜 다니는지 모르겠어. 학교 다니기 싫다고."

"어? 너 여기서 뭐 하냐?"

민규 뒤에 누군가 나타났다.

어? 여기는 아이들이 오지 않는 곳인데?

민규는 아무도 없는 줄 알고 큰 소리로 말했는데, 속마음을 들켜서 얼굴이 빨개졌다.

18

"앗! 너 누구야?"

"나? 송아름. 너 혹시 음료수 마실래?"

"뭐? 됐어. 나 그런 거 안 먹어."

"야, 너도 점심시간 땡땡이치고 여기 온 거 아냐? 점심 안 먹었잖아. 배 안 고프냐? 하나를 샀는데 하나 더 주는 거야. 안 그래도 어떻게 해야 할지 고민하고 있었는데. 이거 맛있더라. 시원하니까 먹어봐."

"…."

"팔 아파. 빨리 받으라고."

민규는 얼떨결에 아름이가 내민 음료수를 받았다.

"안 먹을 거면 버리든가 맘대로 해. 나, 간다."

"어어, 야. 너 어디가?"

민규는 음료수를 들고 당황하며 아름이를 불렀다. 하지만 아름이는 이미 민규에게 '안녕'하고 손을 흔들고 가버렸다.

"아, 진짜. 이 음료수를 버릴 수도 없고."

민규는 난감한 표정으로 아름이가 준 음료수 뚜껑을 열었다.

어?

분명 시중에 파는 흔한 음료수였다. 그런데 그 음료수는 민규가 지금까지 먹어 본 그 어떤 음료수보다 달콤하게 느껴졌다.

이봄과 송아름

햇볕이 따뜻하게 내리쬐고 바람도 신선하게 부는 아침이었
다. 봄이는 어제 새벽까지 친구와 수다를 떨다 늦게 잠든 탓
에 조금 피곤했다.

그래도 새 학기, 새 학년 첫날 첫인상을 결정하는 날. 첫인
상이 좋아야 뭐든 잘되는 법이다. 늦잠을 잘 수 없었다.

평소보다 두 시간이나 일찍 일어난 봄이는 자신의 좋은 첫
인상을 위해 메이크업했다. 정성스럽게 머리도 드라이했다.
자연스럽고 예쁘게 하고 학교에 갈 예정이었다.

교복 위에 입을 겉옷을 고르는 데만 20분을 썼다. 가지고
있던 옷을 다 꺼냈지만, 마음에 드는 것이 없었다. 더 늦게
출발했다가는 지각할 것 같았다. 봄이는 시리얼에 우유를 붓
고 급하게 아침을 먹었다.

엄마와 전화하고 입구에 걸린 커다란 거울에 비친 자신을
보았다.

'음, 오늘 나보다 예쁘게 하고 온 애는 없을걸?'

적당하게 웨이브 있는 머리에 너무 튀지도 얌전하지도 않은 옷으로 세련되게 입었다.

틴트 색이 너무 빨간가?

아니야, 이 정도는 돼야 생기 있게 보이지.

봄이는 자기 모습에 아주 만족했다.

봄이는 당당하게 교실 뒷문을 열고 들어갔다. 한가운데에 있는 한 여자아이를 중심으로 시끌벅적한 수다가 한창이었다. 봄이에겐 아무도 관심이 없었다. 아니, 봄이가 들어왔는지도 모르는 것 같았다.

이렇게 예쁘게 꾸몄는데 아무도 관심을 주지 않아 입이 삐죽 튀어나왔다. 봄이는 아이들을 곁눈질하며 창가에 자리 잡았다.

'쳇, 쟤가 누구길래 저렇게까지 관심을 받는 거지?'

한 여자아이를 중심으로 대여섯 명의 여자아이들이 모여서 이야기하고 있었다. 봄이는 관심 없는 듯 '마법의 역사' 책을 꺼내서 읽기 시작했다.

분명 눈은 책을 읽고 있는데 글이 전혀 눈에 들어오지 않았다. 사실 봄이는 관심 없는 척했지만, 그 무리에 끼고 싶었다. 온몸의 신경은 그 아이들의 대화에 집중되어 있었다.

수다를 떨던 아이 중에서 작년에 봄이와 같은 반이었던 가연이가 봄이를 발견했다. 가연이는 봄이에게 손짓했다.

"봄아! 오랜만이다. 너도 이리 와서 우리랑 얘기해."

봄이는 그 무리에 낄 수 있다는 생각에 한편으로 좋았지만, 자신보다 관심을 더 많이 받는 아이가 있다는 생각에 질투 나서 짜증이 났다.

"아니야. 너희들끼리 이야기 나눠. 나 좀 바빠서."

"에이, 같이 이야기하자."

수다를 떨던 아이들의 시선이 모두 봄이에게 향했다.

한창 이야기하던 그 여자애도 뒤돌아서 봄이를 쳐다봤다. 꾸미지 않았는데도 예쁘다는 생각이 저절로 드는 아이였다.

그 아이는 봄이에게 웃으며 말했다.

"너도 우리랑 같이 이야기하자."

봄이는 마지못한 척 일어나 가연이 옆에 앉았다. 아이들의 이야기는 귀에 들어오지 않았다.

봄이는 그 아이를 관찰했다.

그 아이의 이름은 송아름이었다. 아름이라는 아이는 재치 있게 농담도 잘하고 친화력도 좋고, 얼굴도 예뻤다. 여자아이들과 남자아이들에게 다 인기가 많아 보였다.

봄이도 아름이와 친해지고 싶었다. 아름이를 알수록 정말 좋은 아이라는 생각이 들었다. 아름이를 보면 질투심이나 짜증보다 동경심이나 친해지고 싶은 마음이 더 커졌다. 아름이가 인기가 많은 데는 이유가 있었다. 봄이는 아름이에게 다가가서 친해질 기회를 엿보았다.

며칠이 지났다.

자리를 바꾸는 날이다. 선생님의 마법 지팡이는 아이들 머리 위로 날아다니며 분주하게 아이들의 자리를 정해주었다.

봄이는 자신에게 오는 마법 지팡이에 마음속으로 빌었다. 제발 아름이와 가까운 곳에 앉게 해 달라고.

마법 지팡이가 봄이의 마음을 읽은 걸까? 마법 지팡이에 이끌려서 자리에 간 봄이는 마법 지팡이에 절이라도 하고 싶었다. 봄이의 뒷자리가 아름이었다.

아름이와 마음껏 이야기할 수 있다.

이 기회에 아름이와 더 친해져야지.

봄이는 자리를 보고 기분이 좋아졌다.

이현우와 송아름

비가 억수같이 쏟아지는 날이었다.

아름이는 바닥에 있는 작은 구덩이를 보지 못하고 발을 헛
디뎌 넘어질 뻔했다.

그때 누군가가 아름이의 팔을 붙잡았다.

현우였다.

"큰일 날 뻔했어요. 괜찮으세요?"

"네, 도와주셔서…. 감사합니다."

"다행이네요. 그럼."

아름이가 말할 사이도 없이 현우는 가버렸다.

아름이는 자신을 도와준 사람에게 감사 인사도 제대로 못
했는데 가버려서 괜히 서운했다.

며칠 후, 기초체력 평가가 있었다.

요즘엔 마법을 사용할 때도 체력이 중요해서 기초체력 평
가에서 2등급 이상 못 받은 아이들은 일주일 중 사흘은 마법

의 방에서 운동하고, 재측정에서 통과해야 했다.

체력과 마법을 사용하는 것이 무슨 연관이 있는지 의문이
었지만 운동하지 않으면 마법 시험에서 통과하지 못하니 어
쩔 수 없었다.

아름이는 이상하게 다른 것은 다 2등급, 1등급이지만 심폐
지구력만 4등급이어서 재측정해야 했다. 마법의 방에서 열심
히 운동하다 보면 마법 능력이 더 좋아지는 것 같기도 했다.
아름이는 심폐지구력에서 꼭 1등급을 받고 싶었다. 그런데
운동이 너무 재미없어서 억지로 끌려가는 기분이었다. 실제
로 운동시간이 되면 마법 지팡이에 끌려가다시피 잡혀갔기
때문에 끌려간다는 표현이 맞을지도 몰랐다.

오늘도 터덜터덜 마법의 방에 들어갔다. 그런데 낯익은 사
람이 운동하고 있었다.

"어? 너 며칠 전 비 오는 날, 나 도와준 사람 맞지?"

"어? 너 우리 학교였어?"

"지난번에 정말 고마웠어. 내 이름은 송아름이야. 네 덕에
물구덩이에 빠지지 않을 수 있었어."

"내 이름은 이현우야. 왠지 반갑다."

"그런데 여기는 어쩐 일이야? 너는 체력이 좋아 보이는데

너도 기초체력 평가 때문에 온 거야?”

“아니, 나는 여기서 운동하면서 트레이너 샘 도와드리고 있어.”

현우는 1학년 때부터 근육을 만들고 싶어서 마법의 방에 다녔고, 그 덕에 몸도 좋아지고 키도 많이 컸다고 했다.

“심폐지구력을 키우려고 왔다고? 내가 세팅해줄게.”

현우는 러닝머신을 세팅하고 땀을 닦으며 의자에 앉았다.

“여기서 운동하면 돼. 혹시 필요한 거 있으면 이야기해. 내가 여기서는 나름 잘 나가거든.”

“고마워.”

현우는 아름이를 열심히 도와주었다.

운동하면서 이야기를 나누다 보니 서로 대화도 잘 통했다. 어느새 현우와 아름이는 절친이 되었다.

아름이도 현우와 이야기하며 운동하다 보니 더 이상 운동하러 가는 것이 재미없지 않았다. 오히려 운동하러 가는 시간이 기다려질 정도였다. 아름이는 마법 지팡이가 자신을 이끌기도 전에 먼저 마법의 방으로 향했다.

일주일에 3번은 헬스장에 같이 가고, 운동이 끝나면 맛난 것도 같이 먹었다. 선남선녀 커플이라고 친구들 사이에 연애설이 돌았지만, 항상 아름이와 현우는 ‘그냥 친구일 뿐이야.’ 라고 말했다. 실제로 두 사람은 서로를 편하게 대했고 설렘

같은 건 전혀 없었다.

"나, 왠지 네가 참 편해. 내가 어렸을 때 같은 유치원을 다니던 너랑 이름이 같은 송아름이라는 친구가 있었거든. 지금은 연락이 끊겨서 어떻게 지내는지 모르겠는데, 쌍둥이냐는 소리를 들을 만큼 친하게 지냈었어. 이름이 같아서 그런지 네가 참 오랜 친구 같아."

"어? 나도 너랑 이름이 같은 친구 있었는데…."

아름이는 잠깐 생각하더니 물었다.

"너 혹시 파란색 지붕이 있는 2층짜리 하얀 집에 살았어?"

"어? 어떻게 알았어? 우리 엄마가 산토리니에 여행을 다녀오고 파란색 지붕에 하얀 집을 갖고 싶어 하셨거든."

"헐, 나 네가 알던 그 송아름 맞아. 너… 내가 알던 그 이현우 맞는구나."

"이런 인연이…. 내가 너 이사하고 나서 매일 너 보고 싶다고 다시 만나게 해달라고 기도했었는데."

"나도 이사하게 되어서 너랑 놀지 못해 엄청나게 속상해했었는데…. 이렇게 만나다니 너무 반갑다. 나도 왠지 네가 편하더니 이유가 있었어."

두 사람은 어린 시절 같이 놀았던 추억을 나누었다. 현우와 아름이는 서로 오랜 친구라 생각하니 더욱 편하게 느껴졌다.

어느덧 다시 찾아온 기초체력 평가 시간.

아름이는 이제 자신이 있었다.

"송아름, 잘해라."

현우가 이온 음료를 건네주면서 말했다.

역시.

아름이는 체력평가에서 1등급으로 통과했다.

"이현우!!! 나 붙었다!!"

"오! 그래, 열심히 하니까 되네."

서지연과 송아름

등수를 내지 않아 확실하지는 않지만 지연이는 아마 우리 학교 마법 고사 성적이 전교에서 10등 안에 드는 아이일 것이다.

"지연이는 마법 능력도 좋고 마법 고사 성적도 좋은데, 겸손하기까지 하더라고요."

"그러게요, 지연이는 참 예쁜 학생이에요."

선생님들은 늘 지연이를 칭찬했다.

다른 아이들은 그런 지연이를 부러워했다. 그런데 지연이를 부러워하는 마음을 질투로 표현했다. 지연이의 지팡이를 훔치기도 하고 지연이의 마법 공책의 필기를 그대로 따라 써 보기도 하는 등 별의별 행동과 수단을 썼다.

소심한 지연이는 그때마다 제대로 대응하지 못했다.

오늘도 역시다.

"내 공책 좀 돌려줘."

"뭐라고?"

"…내 거 돌려 달라고…."

지연이는 용기를 냈지만 제대로 말하지 못했다.

긴장해서 목소리도 잘 나오지 않았다.

"뭐라고? 하나도 안 들려."

남자아이들이 지연이를 놀리며 마법 공책을 돌려주지 않았다.

"야! 너 친구가 달라는데 왜 안 돌려줘! 너희 것도 아니잖아! 너희 계속 그러면 선생님께 말씀드려서 벌점 주라고 할 거야."

아름이였다.

남자아이들은 지연이에게 마법 공책을 돌려주었다.

"괜찮아?"

"…응, 고마워."

"신경 쓰지 마. 저 녀석들이 네가 부러워서 그러는 거야."

아름이는 그 뒤로도 일부러 지연이와 함께 다니기도 하고 쉬는 시간마다 지연이에게 다가가 말을 걸었다.

"우와 그거 무슨 책이야?"

"이거? '마지막 잎새'야."

"어, 그거 재미있다고 들었는데."

지연이는 자신의 책에 관심을 두는 아름이가 고마웠다.

"응, 이거 재미있어. 나 다 읽었는데, 너 빌려줄게. 읽어
봐."

"고마워."

며칠 뒤,

"지연아, 우리 주말에 도서관 갈래?"

"응?"

"이번에 도서관에서 새로 나온 영화를 보여준대. 간 김에
책도 좀 읽고. 사실 내가 좋아하는 만화 시리즈 신작이 나왔
거든. 그거 보고 싶은데 너랑 같이 가고 싶어."

"그래, 그러자."

지연이는 신났다.

지연이는 늘 혼자였고, 말이 없는 아이였다. 아름이를 만나
고 나서 지연이의 성격이 한층 밝아졌다.

"그럼 우리 어디서 만나?"

"음, 요 앞 슈퍼마켓 앞에서 만날까?"

"그래."

지연이는 처음으로 친구와 도서관에 놀러 가기로 한 주말
이 기다려졌다.

드디어 주말.

지연이는 일찍 일어나 도서관 프로그램을 찾아보고 어떻게

시간을 보낼지도 고민하며 설레는 마음을 달랬다. 너무 설렌 탓인지 약속 시간보다 일찍 약속 장소에 도착했다.

'내가 조금 일찍 도착했나 봐.'

그 순간,

"놀랐지!!"

아름이가 반대쪽 골목에서 갑자기 튀어나왔다.

아름이는 고깔모자를 쓰고 케이크를 들고 있었다. 다른 한 손으로 마법 지팡이를 흔들자 갑자기 반짝이는 빛이 지연이를 감싸주었다.

"이게 다 뭐야?"

놀란 지연이가 물었다.

"뭐긴. 오늘 네 생일이잖아."

아름이가 웃으며 말했다.

지연이는 깜짝 놀라며 두 눈을 동그랗게 떴다.

"어떻게 알았어? 난 말한 적이 없는데….'

"그게 무슨 상관이야. 오늘은 네 생일이고 우리는 네 생일 파티 중인데."

지연이는 아름이가 주는 선물을 받았다.

선물 상자 속에는 지연이가 갖고 싶었던 오르골이 들어 있었다.

"내가 이거 갖고 싶어 한 건 또 어떻게 알았어?"

지연이가 놀란 얼굴로 물었다.

"다 기억하고 있었지!"

"진짜 진짜 고마워!!"

갑자기 지연이의 두 눈에서 눈물이 주르륵 흘렀다.

아름이가 놀라며 물었다.

"어? 왜 울어?"

"고마워서."

"앞으로 자주 해줘야겠네. 더 이상 안 울게."

"그래, 고마워. 이제 안 울게."

지연이는 그렇게 말하면서 계속 눈물을 흘렸다.

사실 지연이는 지금까지 이런 이벤트를 받아본 일이 거의 없었다. 특히 생일 축하는 더더욱 그랬다. 게다가 생일선물이라니.

소중한 기억을 선물해준 아름이가 정말 고마웠다.

"아름아, 너의 이 마음 절대 잊지 못할 거야. 정말 고마워."

눈물

현우는 처음 아름이를 발견했다는 이유로 경찰에게 조사받았다.

경찰들은 뻔한 내용을 질문했다.

아름이의 시체를 언제 발견했는지, 이른 시간에 학교에 갔던 이유가 뭔지, 아름이와 현우는 무슨 사이인지 등이다.

현우는 자신이 지금 무슨 상황인지, 뭘 본 건지 아직도 잘 모르겠다는 표정이었다.

현우는 경찰의 질문에 횡설수설했다. 오늘 본 것과 아름이에 관한 생각이 머릿속을 가득 채워서 도저히 생각이 정리되지 않았다.

아니, 믿고 싶지 않다고 하는 편이 맞다.

현우는 마지막으로 본 아름이의 모습이 떠올라 고통스러웠지만, 경찰은 현우의 기분 따위는 전혀 고려하지 않았다. 제대로 대답할 때까지 똑같은 질문을 계속했다.

현우는 아름이를 위해서라도 기억을 더듬으며 아까의 상황을 생각해내야 했다. 내 친구에게 도움이 되는 것이라면 무엇이라도.

하지만 현우는 아무리 노력해도 아무 생각이 나지 않았다. 그냥 그 순간의 기억 자체가 사라진 것 같았다. 그 상황을 떠올릴수록 머릿속이 새하얗고 고통스러울 뿐이었다. 온몸의 힘이 다 빠질 때쯤 경찰의 조사가 다 끝났다.

조사가 끝난 후, 현우는 마음을 달래기 위해 왼쪽 가슴을 쓸어내리며 마음이 안정되는 마법을 사용했지만, 아무 소용이 없었다. 도저히 진정되지 않았다.

학교로 들어가자 아이들이 귓속말로 수군거렸다. 어쩌면 자신을 보면서 이야기하지 않을지도 몰랐다. 하지만 현우는 그렇게 느껴졌다.

"나한테 아름이에 대해서 왜 묻는지 모르겠어. 아름이라는 아이와 친했냐? 언제 만났냐? 하고 막 묻더라니까."

소정이가 아까 경찰들한테 조사받은 이야기를 하고 있었다. 다행히 현우의 마법 지팡이가 빠르게 신고한 덕에 아름이의 사고 현장은 다른 아이들이 등교하기 전에 정리되었다.

반 아이들은 아름이의 죽음에 대해 전혀 모르는 눈치였다. 아이들이 자기에게도 아름이에 관해 이야기할 것 같았다. 지

금 상황으로는 아름이와 관련된 어떤 이야기도 못 할 것 같
았다. 그래서 현우는 아이들의 눈을 마주치지 않으려고 고개
를 푹 숙이고 최대한 빠른 걸음으로 자리에 앉았다.

누군가 현우의 등을 치며 말했다.

"현우야, 어떻게 된 일이야? 밖에 엄청 소란스럽던데. 무슨
일 있었어?"

이봄이다.

현우는 이 상황을 친구들한테 설명해야 한다고 생각하니
다시 머리가 지끈거렸다.

"너, 이상한 짓이라도 했냐? 경찰들한테 조사받고 있던데."

김민규다.

현우는 마음속으로 생각했다.

애는 어쩜 이렇게 얄미울까. 지금까지 내가 얼마나 힘들었
는데, 내가 지금 뭘 봤는지 알까. 내가 지금 얼마나 힘든지
알면 이렇게 평온하게 앉아서 공부할 수 있을까.

그나저나 애는 이렇게 열심히 공부하는데 점수가 안 나온
다는 게 신기할 따름이다. 애 부모님은 마법으로 유명한 분
들인데.

아무튼 친구들이 이야기를 들으면 놀라고 충격을 받을 것
같아 입이 쉽게 떨어지지 않았다. 언젠가는 친구들도 알게
될 거니까, 그래도 제일 먼저 알게 된 내가 이야기하는 게

맞는 게 아닐까.

하, 모르겠다.

현우의 머릿속이 너무 복잡했다. 오만 가지 생각이 다 들었다. 그래도 다른 사람에게 듣는 것보다는 나에게 듣는 것이 낫겠지.

"얘들아…. 그게, 저…. 사실."

현우는 조심스럽게 입을 뗐다. 친구들에게 오늘 아침에 자신이 겪었던 일을 차분히 이야기하기 시작했다.

친구들에게 이야기하다 보니 오늘 자신이 어떤 일을 겪은 건지 실감 났다. 아까 경찰이 조사할 때는 나오지 않았는데 자신도 모르게 눈물이 맺혔다.

그래도 애써 참았다.

다른 아이들은 아름이의 죽음을 모르는데 자신이 울면 이상한 눈으로 쳐다볼 것 같았다. 또 자신이 울지 않고 이야기해야 친구들도 덜 울 것 같았다.

현우가 이야기하는 동안 봄이, 지연이는 두 눈을 동그랗게 뜨고 눈물만 글썽거리며 입을 막고 들었다. 민규는 억지로 입꼬리를 올리며 "장난이지?"를 반복했다.

현우의 이야기가 끝나기도 전에 결국 울음이 제일 많은 지연이가 울기 시작했다. 다른 아이들도 하나, 둘 울음을 터뜨렸다. 눈물을 애써 참고 있던 현우도 친구들이 우는 모습에 눈물이 터졌다.

다른 아이들이 네 사람의 우는 모습을 이상하게 쳐다봤다.

아이들이 진정될 때쯤, 김혜림 선생님이 들어왔다.

선생님의 표정도 안 좋아 보였다.

"얘들아, 다들 조용히 하고 자리에 앉아줘. 오늘 학교에 사정이 생겨서 제대로 된 수업이 힘들 것 같아. 너희끼리 조용히 자습해."

"와~~. 아싸!!"

아이들은 교실이 떠나갈 듯 소리를 질렀다.

평소 절대 자습 시간을 주지 않는 선생님이 자습을 주는 것을 의아하게 생각한 아이도 몇 있었지만 다른 아이들의 분위기에 묻혀버렸다.

네 사람은 생각했다.

우리도 만약 그 일을 몰랐다면 저 아이들처럼 웃으면서 자습도 안 하고 있었겠지. 아니, 아름이가 죽지 않았다면 자습 없이 수업했겠지. 수업해도 좋으니까, 다시 아름이가 돌아와 주면 좋겠다.

"다들 조용, 선생님이 분명히 자습하라고 했어. 딴짓하다가 걸리면 공작 깃털로 발바닥을 간질이는 마법을 사용할 거야. 다들 책 펴고 자습하고 있어."

"간질이기 마법은 너무 심하잖아요. 그건 진짜 참기 힘든데."

"그러니까 조용히 하고 자습하렴."

평소 김혜림 선생님이었으면 절대 자습을 주지 않았을 텐데. 선생님도 충격받은 게 틀림없다.

갑자기 너무 많은 것이 바뀌어 버렸다. 매일 웃고 다니는 현우보고 그만 웃으라고 하면서 자기가 더 신나게 웃던 이봄, 평소 같았으면 까칠하게 말했을 김민규도, 친구들의 말에 잘 웃어주던 서지연도 모든 게 너무 부자연스럽다.

"근데 현우야, 아름이 왜 그런 거래⋯?"

"글쎄, 그건 나도 잘⋯. 말씀 안 해 주셨어."

"자살한 거야?"

"모르겠어."

"그건 모르지. 자기 딴에는 힘든 일이 있었을 수도 있어."

김민규다.

항상 부정적이다 싶으면 꼭 애다.

하여간 사람 진 빠지게 하는 데에는 선수다.

"그렇긴 하지만, 아름이가 항상 우리 사이에 비밀이 있으면 다 털어놓자고 했잖아. 근데 아름이가 말을 안 했다고? 그러면 나 되게 속상할 것 같아."

"그럼 아름이는 자살이 아닌 거 아니야?"

"그건 아니야."

"이현우 네가 어떻게 알아?"

"경찰들이 얘기하는 거 들었어. 타살 흔적은 없대."

"그럼 자살은 확실한 거네?"

"인제 그만 이야기하자."

"어? 왜?"

"몰라, 그냥 얘기하기 싫어."

민규는 아름이의 죽음에 관해 이야기하는 것이 불편했다. 그 모습을 보고 갑자기 봄이가 물었다.

"…김민규, 너 뭐 찔리는 거라도 있냐?"

"뭐? 미쳤어? 갑자기 얘기가 왜 그렇게 되는데?"

"네가 아까부터 자꾸 초 치잖아. 아름이에 관해서 이야기하는 것도 싫어하고."

"슬퍼서 그런 거지, 슬퍼서. 계속 얘기하다간 또 울 것 같아서. 넌 무슨 얘기를 그딴 식으로 하냐?"

"미안하다. 사람이 꼬여서. 근데 너보다는 아니거든?"

"야, 너 말이 너무 심한 거 아니야?"

"말이 심한 건 너지."

"뭐? 야! 네가 먼저…."

"다들 그만해. 지금 뭐 하는 거야?"

조용하던 지연이가 갑자기 화를 내며 말했다. 지연이가 이렇게 화내는 건 처음 봤다.

"미안해…."

"나도 미안해…."

이 모든 게 다 꿈이었으면 좋겠다는 생각만 간절했다.

송아름의 이야기

어두운 하늘에서 봄비가 추적추적 내리고 있었다.

'으. 이런 날은 진짜 싫은데.'

밤의 학교는 스산함. 그 자체였다.

학교에 오면서 신발에 묻은 진흙이 아름이가 걸을 때마다 발아래서 질퍽거리며 비명을 질렀다. 반대로 운동장의 모래바람은 아름이를 반기듯 둥실둥실 떠다니며 웃는 얼굴 모양을 만들어 아름이를 둘러쌌다.

'안 그래도 무서운데 얘들은 또 왜 이렇게 나한테 아는 척하는 거야?'

"저주가 온다, 저주가…!"

진흙과 모래바람이 소리쳤다.

아름이는 진흙과 모래바람의 말을 무시하고 천천히 학교 안으로 들어갔다.

아름이가 자신을 무시하자 모래바람은 다른 쪽으로 날아가

버렸다.

갑자기 번개가 치며 학교가 순간 번쩍하고 밝아졌다.

'날씨가 점점 더 안 좋아지나 보다. 현우랑 같이 올걸.'

아름이는 혼자 학교에 온 걸 후회했다. 학교 건물 현관에 들어서자 더욱 오싹한 느낌이 들었다. 온몸에 소름이 돋았다.

아름이는 어둠을 싫어했다.

아니, 솔직히 어둠을 무서워했다.

그런 아름이가 아무도 없는 어두운 학교에 오는 것은 상당히 용기가 필요한 일이었다. 그렇다고 학교에 오지 않을 수는 없었다. 내일 엄청나게 중요한 과제가 있기 때문이었다. 그 과제를 하려면 말하는 공책이 꼭 필요하다. 그런데 깜빡하고 말하는 공책을 챙겨 오지 않은 것이다.

아름이는 친구들과 늦게까지 재미있게 놀고 집 앞에 가서야 갑자기 과제가 생각났다. 꼭 해야 하는 과제인데 노느라 아예 잊었다.

아마 현우도 과제를 하지 않았을 것이다.

아름이는 한참 고민했다.

집에 들어가서 편하게 자고 과제는 내일 할까, 아니면 다시 학교에 돌아가서 말하는 공책을 가져와서 과제를 하고 잘까.

고민 끝에 아름이는 다시 학교로 발길을 돌렸다.

이 늦은 시간에 학교에 다시 가는 것이 무섭기는 했지만 아름이는 책임감이 강한 아이였다. 과제를 하지 않는 것보다 늦더라도 말하는 공책을 챙겨 과제를 하고 자야겠다고 생각한 것이다.

현우도 과제를 안 했을 텐데 내일 내 과제를 보여줘야지.

친구를 챙겨줄 생각에 괜히 기분이 좋아졌다.

아멜리아 마법 학교의 여러 수업 중 특히 마법 수업은 수업을 원활히 하는 데 필요한 준비물과 과제가 많은 편이다. 그래서 준비물과 과제를 꼭 챙겨야 했다. 준비물을 챙겨 오지 않거나 과제를 하지 않으면 마법 수업을 제대로 따라가기 힘들었다.

제대로 된 마법 능력을 익히기 위해 마법 수업은 매우 중요했다. 그래서 아름이는 마법 과제를 꼭 하는 편이었다.

평소였다면 바로 과제를 했을 텐데 오늘 시험을 망친 봄이가 속상하다고 울고불고하는 바람에 봄이를 달래느라 다 함께 늦게까지 놀다가 과제를 잊어버렸다.

"만약 말하는 공책을 마음대로 다룰 수 있을 만큼 마법의 힘이 강했다면 소환 마법을 사용해서 바로 말하는 공책을 소환할 수 있을 텐데."

아름이는 투덜거리며 말하는 공책을 가지러 현관 안으로

들어갔다. 곧장 교실이 있는 건물 2층으로 향했다.

수업을 마친 학교에는 아무도 없어서 고요했다.

건물 밖은 비가 내리고 시끄러웠지만, 학교 안은 조용했다. 어두운데다 아무도 없는 조용한 학교라니. 발걸음을 내디딜 때마다 온갖 무서운 생각이 들었다.

하필 오늘 낮에 아이들끼리 학교와 관련된 무서운 이야기를 했다. 아이들이 괴물과 관련된 여러 이야기를 했다. 아름이는 겁이 많아 친구들이 이야기할 때 귀를 반쯤 막고 들었다.

학교가 오래된 만큼 학교와 관련된 무서운 이야기들이 많았다. 선생님이 들어오시지 않았다면 이야기가 끝나지 않았을 것이다. 겁이 많은 아름이 입장에서는 이야기가 끊긴 게 다행이었다.

'만약에 지금 그 괴물이 나타나면 어떡하지.'

무서운 생각이 들었다. 어두운 복도에서 갑자기 아이들에게 들었던 그 괴물들이 나타날 것 같았다.

게다가 교장 선생님들의 동상이 있는 복도를 지나갈 때는 동상들이 모두 자신을 보는 것 같아 숨이 막혔다. 아름이는 무서움을 꾹 참으며 교실에 도착했다.

교실의 낡은 나무 바닥이 삐걱삐걱 소리를 냈다. 학교가 조용해서 소리가 더 크게 느껴졌다. 삐걱거리는 소리에 더 긴장되었다.

교탁을 중심으로 네 번째 줄 세 번째 자리, 아름이의 자리였다.

책상 서랍 안에 말하는 공책이 들어 있었다.

말하는 공책은 아름이를 보자마자 말하기 시작했다. 말하는 공책은 마법의 힘을 강화해준다는 장점이 있지만, 그 장점을 묻을 만한 엄청난 단점이 있다.

너무 수다스럽다는 것이다. 말하는 공책을 처음 본 사람들은 공책이 말하는 모습을 신기해하며 말하는 공책에 이말 저말 걸었다. 하지만 시간이 지나면 제발 말하는 공책의 입을 다물게 하는 마법을 알려달라고 애원했다. 그 정도로 말하는 공책은 엄청난 수다쟁이였다.

조용하고 어두운 학교에서 공책이 말을 하다니.

말하는 공책이 수다를 떨자 더 무서웠다. 괜히 말하는 공책이 얄미워졌다. 말하는 공책의 입을 다물게 하려고 공책을 품 안에 꼭 안았다. 공책은 말을 하지 못해 버둥거렸다. 아름이는 말하는 공책을 더 세게 꼭 안았다.

아름이가 이겼다.

말하는 공책은 풀이 죽었다.

그 틈에 마법 지팡이로 공책이 또 말하지 못하게 꽁꽁 묶었다. 말하는 공책이 조용해지자 아름이는 교실을 나가기 위해 공책을 들고 일어섰다.

비밀

그때 옆 교실에서 까랑까랑하고 날카로운 목소리가 들렸다. 이한영 선생님이었다.

'이 늦은 시간에 학교에?'

이상했지만, 선생님도 잊고 온 물건이 있어서 그것을 가지러 온 건가 보다 생각했다. 선생님께 들키면 괜히 혼날 것 같아 조용히 교실을 빠져나가려 했다.

그런데 또 다른 목소리가 들렸다.

이한영 선생님 말고 누군가가 또 있었다. 두 사람이 대화하고 있었다.

누구인지는 몰라도 남자 목소리였다.

'이 늦은 시간에 선생님은 왜 여기에 왔으며 저 남자는 도대체 누구지?'

아름이는 궁금한 마음에 두 사람의 대화를 엿들었다.

들킬까 봐 기적을 숨기는 마법을 사용했다. 아직 기적을 숨기는 마법을 잘 사용하지는 못해도 이 정도 거리라면 저 두 사람이 눈치채지 못할 것이다.

두 사람의 목소리가 너무 작고 밖에 비까지 내리고 있어 대화가 제대로 들리지는 않았다. 대화가 드문드문 들렸다.

'저 남자 목소리 어디서 많이 들어 봤는데.'

한참 만에 누구의 목소리인지 생각났다. 이 목소리는 학교 앞 슈퍼마켓 아저씨의 목소리였다.

아름이는 두 사람의 대화에 좀 더 집중했다.

대화 내용을 듣던 아름이는 온몸이 굳는 것 같았다. 두 사람의 대화 내용은 도저히 믿을 수 없는 내용이었다.

"엊그제 주영이까지…. 이제 몇 명만 더 모으면 되겠군요."

"얼마 정도 더 필요한가요?"

'이게 무슨 소리지? 몇 명? 주영이? 설마… 실종된 아이들을 말하는 건가?'

주영이는 며칠 전에 실종된 아이였다.

아름이는 똑똑히 기억했다.

주영이의 부모님이 수척한 얼굴로 자기 손을 잡으며 주영이를 본 적 있냐고, 혹시 주영이에 대해 작은 것이라도 생각나거나 알게 되면 말해달라고 애원했던 일을.

아이들이 몇 명 실종되었다.

아름이가 입학 첫해도 학생들이 실종되는 사건이 몇 번 있었다. 1학년 말에는 아름이가 좋아하던 선배도 실종되었다.

오늘 아이들이 했던 이야기가 생각났다. 누군가가 실종될 때마다 학교에서 괴물을 보았다는 것이다.

목격자마다 다르게 괴물을 묘사했다. 누군가는 귀가 무시무시하게 컸다고 하고, 다른 누군가는 기다란 이빨이 달빛에 하얗게 빛났는데 그 이빨에 물릴 뻔했다고 했다. 또 누군가는 괴물이 하늘을 날고 있었다고도 했다. 그 외에도 많은 목격자가 있었는데 공통된 목격담은 없었다.

아, 공통점이 딱 하나 있었다.

어떤 마법도 통하지 않았다는 것이다.

마법이 제일 센 3학년 대표 선배가 그 괴물과 마주쳤는데 자신이 알고 있는 가장 강한 마법을 사용했지만, 그 괴물에는 전혀 통하지 않았다고 했다.

그 말을 들은 다른 아이들도 자신들의 마법도 통하지 않았다고 입을 모았다.

목격자들의 이야기를 들으며 괴물이 하나인지 여럿인지 알 수 없고, 학교 대표 선배의 마법까지 통하지 않는다는 이야기는 괴물의 존재를 더욱 무시무시하게 느껴지게 했다.

불안한 마음에 몇몇 아이들이 선생님들에게 이야기하기도 했다. 하지만 선생님들은 그런 이야기를 들을 때마다 그런 일은 없다며 웃어넘겼다. 그러니까 그 괴물의 존재는 공식적

으로는 인정받지 못하고 학생들 사이에서만 입에서 입으로
전해져 내려오는 중이었다.

　괴물과 함께 사라진 아이들은 조용하게 학교생활을 하는
아이들이었다. 그래서일까? 친구가 실종되있는데도 학교가
크게 동요되지 않았다. 또 이상한 것은 며칠이 지나면 다들
실종사건을 잊어버렸다.
　절대 일부러 잊는 건 아니었다. 그런데 이상하게 실종사건
이 있었다는 건 기억했지만 실종된 아이가 정확하게 누구였
는지, 언제 실종됐는지 등의 기억이 안개처럼 흐려졌다. 그래
서 실종사건이 큰 소동으로 이어지지 않았다.
　그런데 이한영 선생님과 슈퍼마켓 아저씨가 그 일에 관해
이야기하고 있다.
　하필 아이들한테 괴물 이야기를 들은 날 이런 이야기까지
듣다니. 저 이야기와 괴물과 관련된 이야기 사이에 분명히
연관이 있었다.
　빗소리 때문에 두 사람의 이야기가 잘 들리지도 않았고,
그 내용이 제대로 이해되지도 않았다. 하지만 들으면 안 되
는 이야기들을 들었다는 생각이 들었다.

　너무 두려웠다.

'만일 내가 듣고 있는 내용들이 진짜라면.'

아름이는 지금 당장 나가야겠다고 생각했다. 절대 들키면
안 된다.

두려운 마음에 기척을 숨기는 마법의 힘을 최대로 발휘했
다. 최대한 기척을 숨기고 복도를 달렸다.

복도 끝이 보였다.

마법의 힘을 너무 많이 사용한 아름이는 마법의 힘을 보충
하기 위해 잠깐 마법을 풀었다.

그때였다.

번개가 쳤다. 아름이 옆에 있던 창문에서 번쩍하고 빛이
비쳤다. 순간 아름이가 있는 복도가 환하게 밝아졌다. 아름이
는 자신도 모르게 소리를 냈다. 헉. 아름이는 자기 입을 틀어
막았다. 하필 이한영 선생님과 대화를 나누던 남자가 아름이
를 보았다. 그러나 아름이는 그 남자를 보지 못했다.

잠깐 숨을 가다듬은 아름이는 다시 기척을 숨기고 조심스
럽게 1층으로 내려갔다.

1층에 도착해서 주변을 살펴 아무도 없는 것을 확인했다.
더는 기척을 숨기는 마법을 사용할만한 힘이 없었다. 이 정
도라면 기척을 느끼지 못할 것 같았다.

그래도 얼굴을 보이면 안 될 것 같았다. 아름이는 후드 티

모자를 뒤집어썼다.

건물 밖으로 나가는 현관이 보였다.

안심이다.

그때 저벅저벅 하는 경비아저씨의 발소리가 들렸다.

놀란 아름이는 다시 계단 위로 올라가 숨었다. 잔뜩 웅크리고 경비아저씨가 지나가기만을 기다렸다. 다행히 경비아저씨는 아름이를 발견하지 못했다. 발소리가 어느 정도 멀어졌다.

조심스럽게 몸을 일으켰다. 하지만 어두워서 잘 안 보였던 탓인지, 무언가에 발이 걸려 계단에서 굴러 넘어졌다.

우당탕 큰 소리가 났다. 발목이 욱신거렸다.

'아, 아파.'

하지만 아픔을 느낄 겨를이 없었다.

"거기 누구야!!"

경비아저씨의 고함에 아름이는 미친 듯이 뛰기 시작했다. 절대 잡혀서는 안 된다.

접질린 다리가 땅에 닿을 때마다 너무 아파 절뚝거렸다. 하지만 멈출 수 없었다.

아름이는 아까 들은 이야기가 귀에 맴돌았다. 너무 무서웠다. 열심히 뛰었다.

점점 다리가 부어올랐다. 그래도 멈출 수 없었다.

사람들이 모여 있는 번화가까지 숨도 쉬지 않고 뛰었다. 사람들이 보이기 시작했다. 이제 마음이 놓였다.

어느새 비는 그쳤고, 마법 지팡이는 언제 마법 에너지가 다 된 건지 불빛도 나오지 않았다.

한참을 터덜터덜 걷다 보니 민규와 같이 다니는 학원 건물이 눈에 띄었다. 학생들이 건물에서 나오고 있었다. 벌써 학원 시간이 끝난 모양이다. 도대체 얼마나 오랫동안 학교에 있었던 걸까.

민규가 보였다.

마음 같아서는 누구라도 반가울 것이다. 하물며 절친인 민규가 당연히 반가울 수밖에.

"김민규!"

아름이는 큰 소리로 민규를 불렀다.

변화

김민규.

싸가지는 좀 없지만 그래도 툴툴거리는 말투와 다르게 은근히 아름이를 챙기는 편이다.

민규를 보자 무서웠던 마음이 가라앉았다.

"김민규!!"

아름이는 민규의 이름을 다시 크게 불렀다.

민규는 멍하게 있다가 갑자기 누가 자기의 이름을 부르자 놀라며 두리번거렸다.

"…송아름?"

잠시 멈칫하더니 약간 화가 난 목소리로 따지듯 말했다.

"너 대체 어디 갔다 온 거야? 너 때문에 선생님께 혼났다고. 그리고, 학원은 왜 안 왔어? 지금 몇 시야? 도대체 어디서 뭐 하다 온 건데?"

한참을 따지다가 아름이의 얼굴을 봤다.

"…너 근데 얼굴은 왜 그래? 울었냐?"

민규의 말에 아름이는 갑자기 학교에서 들었던 이한영 선생님과 슈퍼마켓 아저씨의 대화, 경비아저씨에게 잡힐 뻔했던 것이 다시 생각났다.

아름이가 갑자기 엉엉 울기 시작했다.

민규는 당황하며 어쩔 줄 몰라 했다.

"너, 너 갑자기 왜 그래? 뭔 일 있었어?"

아름이는 울음을 참느라 끅끅거리면서, 조금 전에 있었던 일을 이야기했다. 이한영 선생님과 슈퍼마켓 아저씨의 대화 내용은 빼고.

심각한 표정으로 이야기를 듣던 민규는 아름이의 어깨를 토닥였다.

"그런 일이 있었구나. 놀랐겠다. 그러게, 학교 가지 말고 그냥 학원이나 오지 뭐 하러 학교에 가서 그 꼴이야."

"위로나 해주지, 꼭 그렇게 말해야 후련하냐?"

"됐고, 집으로 가자. 시간도 늦었는데 바래다줄게."

아름이는 무서웠던 마음이 조금 누그러졌다. 민규가 든든하게 느껴졌다.

두 사람은 말없이 한참을 걸었다.

걷다 보니 어느새 집 앞에 도착했다.

"다 왔어. 또 다른 데로 새지 말고 바로 들어가. 알았어?"

"응, 고맙다."

진심으로 고마웠다.

방으로 돌아온 아름이는 침대에 누웠다. 침대가 아름이를 포근하게 감싸주었다. 포근한 침대에 누우니 마음이 한결 편안해졌다.

"아 참. 마법 지팡이."

아름이는 마법 지팡이를 생명의 물에 꽂아 마법 에너지를 충전했다.

아까 학교에서 겪었던 일은 잊기로 했다.

자신만 그 일을 잊고 평소처럼 생활하면 아무 일도 없었던 것처럼 되리라 생각했다. 그렇게 생각하니 기분이 괜찮아졌다. 편안한 마음으로 잠들었다.

다음날.

아름이가 교실에 들어서자 친구들이 아름이를 반겨주었다. 민규도 있었다. 민규는 아름이 곁으로 와서 작은 소리로 속삭였다.

"어제 잘 잤지? 또 다른 데 샌 거라면 진짜 선생님께 말할 거야."

"다른 데 안 샜거든? 메롱이다."

첫 번째 수업은 이한영 선생님의 수업이었다.

아름이는 선생님을 보자 어젯밤에 자신이 들었던 내용이 다시 떠올랐다. 애써 그 기억을 지우고 수업에 집중하려고 노력했다. 기척을 숨기는 마법도 사용했고 아무에게도 들키지 않았다. 아무도 자신이 그 대화를 들었다는 걸 모를 것이다. 그런데도 마음이 불안했다. 아름이는 그런 자신의 마음을 달래고 수업을 들었다.

뭔가 이상했다.

선생님의 태도가 달라졌다. 이한영 선생님은 아름이가 질문을 해도 대답해 주지 않고, 자꾸 투명 인간 취급했다.

혹시 어젯밤에 내가 거기서 대화를 엿들은 걸 알고 있는 건가? 만약 나를 봤다면 어떻게 하지?

아름이는 불안감과 두려움으로 마음이 복잡했다.

다른 수업 시간에도 비슷했다.

모든 선생님이 아름이를 투명 인간처럼 대했다. 담임 선생님인 김혜림 선생님만 아름이를 평소처럼 대했다.

'나한테 도대체 왜 그러는 거지? 정말 어젯밤의 일을 알고 있나? 그러면 왜 담임 선생님은 안 그러는데?'

아름이는 어젯밤의 일이 떠올랐다.

만약 그 일 때문이라면…. 아름이는 지금의 상황이 무섭기도 하고 불안하기도 했다. 마음을 다독이기로 했다. 스스로 조금 있으면 나아지겠지, 착각이겠지 생각하려 노력했다.

며칠이 지나도 아름이를 대하는 선생님들의 태도는 좋아지지 않았다. 아니, 오히려 점점 더 심해졌다.

선생님들이 가끔 쉬는 시간에 아름이를 불러서 솔직히 말하라며 압박하기도 했고, 시험을 잘 쳤는데도 아름이의 점수만 이상하리만치 낮기도 했다.

마법 식물을 잘못 사용해서 아름이만 위험할 뻔한 적도 있었다. 수업 시간에는 위험한 마법을 거의 사용하지 않는데 이상한 일이었다.

시간이 지날수록 아름이뿐 아니라 다른 아이들도 이 상황을 이상하게 느꼈다. 왜 아름이만 자꾸 저렇게 점수도 낮게 주고 무시하는 거지?

이런 상황이 지속되자 아름이는 너무 괴롭고 힘들었다. 너무 힘들 때는 학생 관리부에 찾아가 자신의 상황을 말해보기도 했다. 학생 관리부에서 말로는 그런 일이 있냐고 알아보겠다고 했지만, 그 뒤로 달라지는 건 전혀 없었다.

똑같은 상황이 반복되었다.

아니, 상황은 점점 심해졌다.

아름이는 가만히 있었는데 친구들이 오히려 선생님에게 아름이한테 왜 이러시는 거냐고 따지기도 했다. 아름이에게도 이렇게 부당한 대우를 받지 말고 따지라고 이야기하기도 했다.

아름이는 친구들이 고마웠지만, 그 이유를 말할 수 없었다. 선생님들이 아름이를 대하는 태도가 이상하다는 이야기를 들을 때마다 아름이는 어색하게 웃었다. 선생님들은 친구들에게 말한다면, 친구들에게도 똑같이 보복하겠다고 협박했다. 친구까지 피해를 주고 싶지 않았다.

어쩔 수 없이 아름이는 혼자서 이 상황을 견뎠다.

한 달이 지났다.

항상 밝았던 아름이 얼굴에서 생기가 없어졌다. 힘들고 지쳐 보였다. 선생님들은 다양한 방법으로 끊임없이 아름이를 괴롭게 했고, 아름이는 주변에 도움을 청하지도 못하고 혼자 힘들어하고 있었다.

친구들이 아름이에게 무슨 일이냐고 계속 물었지만 아름이는 쓸쓸한 표정으로 입을 다물고 아무 말도 하지 않았다.

일주일 후, 아름이가 죽었다.

현우의 마음

그날 오후 현우는 도저히 학교에 계속 있을 자신이 없었
다. 현관문을 열자 왜 이제 왔냐는 듯 세차게 꼬리를 흔들며
맞아주는 귀염둥이 강아지 꼬미가 현우를 반겨주었다.

"많이 보고 싶었어?"

현우는 꼬미를 한 번 쓱 쓰다듬어주고 방으로 들어가 오늘
있었던 일을 떠올렸다. 아름이 생각이 떠오르자 다시 울컥했
다. 눈물이 났다.

현우의 그런 마음을 느낀 걸까? 언제 왔는지 문가에서 꼬
미가 장난감을 물고 꼬리를 흔들며 현우를 쳐다보았다. 꼬미
를 보니 마음이 한결 나아졌다.

현우는 자리를 털고 일어나 애써 미소를 짓고 꼬미를 향해
발걸음을 뗐다.

"오랜만에 놀아줄까?"

꼬미와 즐겁게 지내고 있을 때 '삑삑 띠리링' 현관문이 열

리고 부모님이 들어왔다.

"꼬미야, 우리 왔다."

"다녀오셨어요?"

"어머, 네가 이 시간에 웬일이야? 무슨 일이야?"

"아… 그게….."

현우는 차마 아름이의 이야기를 할 수 없었다. 현우가 말을 못 하고 우물쭈물 서 있으니 현우의 아빠가 말했다.

"에이, 일찍 오니 좋네. 우리 아들 뭐 먹고 싶은 거 있어? 맛있는 저녁 먹자."

부모님이 현우의 마음을 알았는지 그날 저녁은 다른 날보다 훨씬 풍성했다.

저녁 식사는 현우가 좋아하는 메뉴로 가득했다. 부모님이 현우에게 이것저것 먹으라고 권했지만, 현우는 입맛이 없었다. 깨작깨작 먹는 현우를 보고 부모님은 걱정스럽게 서로의 얼굴을 마주 보았다.

현우의 부모님도 아름이의 소식을 들어 알고 있었다. 혹시 그 일 때문에 현우가 저렇게 기운이 없을까 싶어서 일부러 현우의 기분을 북돋아 주려 이런저런 이야기를 했지만 아무 소용이 없었다.

"꼬미야, 그나마 네가 날 달래줄 수 있을 것 같아. 부탁해."

일찍 잠자리에 든 현우 옆에 꼬미가 비집고 누웠다.

"꼬미야, 나 오늘 너무 힘든 일이 있었어. 지난번에 우리 집에 놀러 왔던 아름이 누나 기억나지? 그 누나가 오늘…."

현우는 말을 잇지 못했다. 부모님께 들리지 않도록 베개에 얼굴을 파묻고 끅끅거리며 울었다. 옆에서 꼬미가 걱정스러운 듯 현우를 보며 낑낑거렸다.

2장

네 개의 보석

결심

현우는 학교 정문 앞에서 5분 넘게 서 있었다.

어제 기억이 너무 생생해서 정문으로 들어갈 자신이 없었다. 한참 망설이던 현우는 결국 학교를 빙 둘러 후문으로 등교했다. 전교생이 아름이의 죽음을 알았는지 학교가 어수선했다.

현우가 학교에 들어가자 이미 봄이, 지연이, 민규가 등교해 있었다.

"이현우 왔어? 빨리 와서 앉아 봐. 우리 지금 이야기하는 중이야."

"무슨 이야기 중이야?"

"아름이 얘기 중. 우리는 아는 게 없어서 제대로 된 이야기를 못 해. 빨리 와서 앉아."

김민규랑 이봄은 어제 분명히 싸웠던 걸로 기억하는데 또 붙어 있다.

서로 미운 정이 든 것일까? 나 같으면 이미 말 안 하고 지냈을 텐데.

현우는 두 사람을 쳐다봤다.

"…뭘 빤히 쳐다봐! 싸운 건 어제 싸운 거고! 아름이가 어쩌다 그렇게 됐는지는 알아야 할 거 아니야."

"내가 그 생각하는 거를 알았나 보네. 하여간, 이럴 때는 또 합이 잘 맞아요. 그래, 너희들이 지금까지 이야기해 본 건 어때?"

"우리도 잘 모르겠어…."

순간 정적이 흘렀다.

곧 봄이가 흠흠 헛기침하더니 이야기하기 시작했다.

"우리끼리 이야기 나눠 본 걸 정리하면 첫째, 아름이가 옥상에서 실수로 발을 헛디뎌 떨어졌다. 둘째, 누군가가 고의로 죽게 했다. 그런데 우리가 아는 아름이는 절대 죽음을 생각할 아이는 아니야."

그 뒤로 한참 동안 말이 없었다.

아름이의 죽음은 생각만으로도 먹먹한 일이다. 그래도 그냥 있을 수는 없었다. 분명 무언가 억울한 일이 있었을 것이다. 선생님들의 태도도 그렇고 학교에서 무슨 일이 있었던 것이 분명하다.

아름이가 없는 지금 무슨 일이 있었는지 알아낼 방법이 없었다.

"있잖아…."

봄이가 조심스럽게 말문을 열었다.

"우리가 아름이에게 무슨 일이 있었는지 알아보는 건 어때?"

"뭐?"

"아니, 우리가 이렇게 친해질 수 있었던 건 아름이 덕분이잖아. 뭘 얼마나 알아낼 수 있을지는 모르겠지만 제일 친한 친구인데. 이렇게 손 놓고 있을 수는 없어."

"좋은 생각이긴 한데, 우리가 무슨 수로 그걸 알아내?"

그때 지연이가 조심스럽게 말을 꺼냈다.

"너희 우리 학교에 보석이 있다는 이야기 들어 본 적 있어?"

"보석? 들어 본 적 없는데?"

"나는 들어 본 적 있어. 선생님께서 전에 얘기하셨잖아. 아멜리아 마법 학교에는 신기한 보석이 있다고."

"맞아. 나는 말하는 동상에 들었어."

"에이 진짜 있겠냐. 그거 그냥 학교의 전설 아니야?"

"아니야, 진짜라니까. 말하는 동상이 분명 보석에 관해 이야기했어."

"야, 그 허풍쟁이 동상의 말을 믿냐? 한 번도 제대로 이야기해 준 적도 없잖아."

봄이와 민규는 보석의 존재에 대해 논쟁했다.

저 두 사람은 항상 저런 식이다.

늘 있는 일인 듯 지연이와 현우는 두 사람에 대해 신경도 쓰지 않고 필통만 뒤적거렸다.

"그래, 그럼 보석이 진짜로 있다고 치자. 그 보석이 어딨는데?"

"글쎄…."

"저… 얘들아, 전에 경비아저씨가 학교 뒷산 창고에 들어가는 걸 봤는데…. 혹시 거기 아닐까?"

"나는 교장 선생님이 창고에서 나오는 것 본 적 있어. 창고를 찾아볼까?"

"진짜 보석이 있는지는 모르겠지만 만약 진짜 보석이 있다면 말하는 동상이 우리 학교의 보석이 신기한 능력이 있다고 했어. 그 보석을 찾으면 뭔가 알 수 있지 않을까?"

"그런데 나는 그 이야기를 들어 보긴 했지만 실제로 본 적은 없어."

민규가 말했다.

"우리 부모님도 보석 이야기를 하신 적이 있어. 두 분이 심각하게 보석 이야기하다가 나를 보더니, 이야기를 멈춘 적이 있어. 그 뒤로 몇 번 물었는데 대답은 안 해 주셨어."

"그래? 만일 보석을 찾으면 보석의 힘으로 아름이의 죽음에 대해 알 수 있을지도 몰라."

학교 로비에 있는 말하는 동상은 종종 보석 이야기를 했다.

아멜리아 마법 학교가 세워지는 데 중요한 역할을 하였던 보석이 있다고 했다. 그러나 보석 이야기에 흥미를 느낀 아이들이 그 보석이 어디 있냐고 물어보면 말하는 동상은 대답하지 않고 엉뚱한 이야기를 늘어놓거나 다른 이야기를 했다. 그뿐 아니라 학교에 늘 붙박이로 있는 동상이면서 자신이 온 세계를 떠돌아다니며 모험을 했다는 말도 안 되는 이야기도 늘어놓았다.

처음에는 동상의 이야기가 관심을 받았다.

하지만 이야기할 때마다 이야기의 내용이 달라지고 막상 질문을 하면 제대로 된 대답을 하지 못하는 동상의 말에 신뢰를 갖지 않은 지 꽤 되었다.

그 때문에 말하는 동상이 이야기했던 학교의 보석 이야기도 믿을 수 없었다. 말하는 동상은 학교의 보석이 정말로 있다고 매번 떠들어댔다.

믿을 수 없는 아름이의 죽음 앞에서 그 허무맹랑하게 들리던 학교의 보석 이야기가 생각난 것이다.

만약 학교의 보석이 진짜 있고, 그 보석을 다 모아서 놀라운 일이 일어날 수 있다면. 그렇다면 우리에게 놀라운 일이라는 건 아름이가 다시 살아나는 것이다.

아름이를 다시 볼 수 있다면 뭐든 할 수 있을 것 같았다. 네 사람은 서로의 얼굴을 쳐다보았다.

지연이가 결심한 듯 말했다.

"우리가 학교 보석을 찾아보는 건 어때?"

"보석을 찾아보자고?"

"괜찮은 생각인데?"

"나도 보석을 찾아서 아름이의 죽음에 대해 알 수 있다면 찬성."

현우와 민규의 마음이 정말 오랜만에 맞았다.

"진짜 오랜만에 맞…."

"진짜 오랜만에 맞…."

"어, 뭐냐! 너희들 왜 이리 잘 맞아?"

"야! 찌찌 뽕이네! 빨리 서로 귀 만지고 소원 빌어!"

"아, 뭐래. 그런 게 어디 있냐."

"아니야! 진짜 소원 이루어져. 빨리 서로 귀 만져!"

현우는 봄이의 말을 믿지는 않았지만, 안 하면 계속하라고 잔소리할 것 같아서 민규와 서로 귀를 만지고 소원을 빌기로 했다. 그런데 막상 소원을 빌려고 하니 간절해졌다.

'제발, 하느님, 부처님, 알라신이시여. 지금 이 모든 게 꿈이게 해주세요. 아니면 아무 일 없었던 것처럼 행동할 테니까 다시 아름이가 나타나게 해주세요. 아름이가 다시 살아 돌아오게 해주세요. 제발이요.'

현우는 평소 믿지 않던 온갖 신들 이름을 불러가면서 정말 간절히 소원을 빌었다.

"뭐야, 안 한다더니. 무슨 소원을 비는 데 그렇게 오래 걸려?"

"그런 게 있어."

"에이 뭐야. 알려줘!"

"소원 빈 거 말하면 안 이뤄져."

그 모습을 보던 지연이가 갑자기 웃었다.

지연이를 보던 봄이와 민규도 같이 웃기 시작했다. 모두 신나게 웃었다. 고작 하루였는데 정말 오랜만에 듣는 웃음소리 같다.

이제야 옛날로 돌아온 느낌이 든다. 하지만 웃음소리가 평상시보다 작은 것 같다.

아름이의 웃음소리가 들리지 않기 때문이다. 한 사람의 빈자리가 이렇게 클 줄은 몰랐다. 든 자리는 몰라도 난 자리는 안다더니, 정말 그랬다.

마음 한구석이 시렸다.

아이들은 실낱같은 희망이라도 붙잡아보기로 했다.

보석을 찾기 위해서 보석에 대해 알아야 했다. 그런데 아무도 보석에 대해 아는 것이 없었다. 그나마 보석에 대해 들은 것이라곤 말하는 동상에 들은 내용이 다였다.

아이들은 우선 그 허름한 창고부터 찾아보기로 했다.

창고

"어휴, 진짜 이게 뭐 하는 짓이야…."

민규가 투덜거리며 애꿎은 돌멩이만 툭툭 찼다.

제일 열심히 찾을 거면서 툴툴거리는 김민규의 성격은 알다가도 모르겠다.

돌멩이만 차고 있는 민규, 말이 없는 지연이와 아무 생각이 없어 보이는 현우, 무언가를 생각하고 있는 듯한 봄이. 네명은 학교 뒷산에 있는 허름한 창고로 향하고 있다.

제일 먼저 보석을 찾기로 한 장소이다. 왠지 무성하게 자란 큰 나무들이 조금 으스스하게 느껴졌다.

네 사람은 모두 매우 긴장한 표정이었다. 제일 씩씩할 것 같던 봄이는 괴물이 나올까 봐 겁이 나는지 현우 뒤에 딱 붙어 있었다. 덜덜 떨며 두 손으로 현우의 옷자락을 잡고 나뭇잎과 나뭇가지를 조심스레 밟으며 올라가는 모습은 우스꽝스러울 정도였다.

항상 씩씩하고 목소리 큰 봄이가 덜덜 떨면서 현우 뒤에 바짝 붙어 가는 꼴이라니. 그 모습을 사진으로 찍어서 남겨 놓고 싶어질 정도였다. 봄이에게는 비밀이지만 민규는 이미 몰래 봄이의 모습을 사진으로 남겨 놓았다.

한참을 올라갔다.

드디어 뒷산의 허름한 창고에 도착했다. 창고는 가시덤불과 먼지로 잔뜩 뒤덮여 있었고, 굉장히 오래되어 보였다.

여기에 보석이 있을 것 같이 보이지도 않거니와 사람이 드나든 흔적도 없었다. 교장 선생님이나 경비아저씨가 여기를 들어갔다 나왔다는 것이 믿어지지 않았다.

허름한 창고의 모습을 보니 그곳에 들어가기 망설여졌다. 아마 아름이를 위해서 보석을 찾아야 한다고 생각하지 않았다면 결코 그 창고에 들어가지 않았을 것이다. 하지만 아름이에 대한 그리움이 두려움을 이겼다.

여느 때처럼 가장 씩씩한 봄이가 문을 열기 위해 앞장섰다. 그러나 봄이의 손과 다리가 덜덜 떨렸다. 봄이는 녹이 슨 문고리를 잡고 한참 망설였다. 분명히 세상 씩씩한 봄이도 지금 상황이 무서운 것이 틀림없다.

민규가 말했다.

"왜 이렇게 무섭냐…. 이런 섬뜩한 곳에 보석이 있으려나…"

"그래도 보석이 있을 가능성이 가장 큰 창고니…. 후. 무섭
긴 무섭다."

민규와 현우는 덩치에 어울리지 않게 주춤거렸다.

봄이가 결심한 듯 벌컥 문을 열었다.

뿌연 먼지가 그들을 맞이했다. 창고 안은 먼지가 많았지만,
밖에서 봤던 것보다 지저분하지 않았다.

실내도 꽤 넓었다. 그래도 들어가고 싶지는 않았다. 먼지를
싫어하는 현우가 얼굴을 찌푸렸다. 보석을 찾자고 했던 지연
이의 표정도 썩 좋아 보이지 않았다.

"어쨌든 우리 보석을 찾아보자. 나랑 지연이는 왼쪽부터
찾아볼 테니, 현우와 민규 너희는 오른쪽부터 찾아봐. 이 창
고를 샅샅이 찾아보자."

봄이의 말이 끝나기 무섭게 아이들은 이곳저곳을 살피기
시작했다.

창고 안에는 신기한 모양의 오래된 물건들이 제법 많았다.

아이들은 여기에 온 원래의 목적을 잊은 듯, 여러 물건을
뒤지면서 신기한 물건이 나오면 감탄하며 그 물건을 작동시
켜보기도 하고, 모자 같은 것들은 머리에 써보기도 하면서
장난을 쳤다.

현우는 이상한 나라의 앨리스에 나오는 토끼가 들고 있을 법한 작은 회중시계를 발견했다. 은색으로 반짝이는 회중시계에는 왕궁에서 쓸 법한 멋진 무늬가 새겨져 있었다.

회중시계의 근사한 모습이 꽤 마음에 들었다. 다른 아이들 몰래 바지 주머니에 회중시계를 넣었다. 그리고 아무 일도 없다는 듯 태연하게 보석을 찾기 시작했다.

"우리 언제까지 찾아야 해?"

허름한 창고에 들어온 지 한 시간이 지났다.

모두 꼴이 말이 아니었다. 머리카락에는 거미줄이 잔뜩 묻었고, 옷은 먼지투성이였다. 민규는 어디서 묻었는지 얼굴에 검댕까지 묻어 있었다. 서로의 꼴이 우스워 보여서 서로 얼굴을 가리키며 크게 웃었다.

"야, 너 지금 꼴이 엄청나게 웃긴 거 알아?"

"야, 너도 장난 아니거든?"

현우와 민규는 서로 얼굴을 보면서 깔깔거리면서 웃었다.

봄이가 갑자기 소리를 질렀다.

"야! 너희 제대로 안 할래?"

봄이의 무서운 표정을 보고 아이들은 다시 조용히 창고를 뒤졌다. 시간이 한참 지났다.

"없어…. 아무리 찾아봐도 없는 것 같아…."

거미 때문에 지친 지연이가 말했다.

지연이는 창고 속 거미와 한참 동안 실랑이를 벌였다. 지연이는 실수로 잠자고 있던 거미를 건드렸다. 거미는 지연이에게 단단히 화가 났다.

거미는 거미줄을 뿜어 지연이의 다리를 묶었다. 지연이가 낑낑거리며 다리에 묶인 거미줄을 풀자 다시 팔을 묶었다. 지연이가 겨우 팔의 거미줄을 풀면 이번에는 양 손목을 한쪽씩 거미줄로 묶어 천장의 서까래에 매달았다. 그러고는 거미줄에 묶인 지연이의 팔을 올렸다 내렸다 하면서 지연이를 괴롭혔다.

지연이는 거미줄에서 벗어나려고 용을 쓰다 지쳤다. 지연이의 모습을 본 민규가 마법으로 지연이를 풀어주었다.

보석을 찾지 못해 답답한 것은 다른 아이들도 마찬가지였다.

열심히 찾은 것 같은데 보석은 어디에도 없었다. 처음 장난스러웠던 마음은 사라지고 열심히 보석을 찾았다. 그런데 보석은 보이지 않았다.

아무래도 헛짚은 것 같다. 이 허름한 창고는 그냥 창고일 뿐 학교의 보석은 여기에 없는 것이 틀림없었다.

그때 누군가 걸어오는 소리가 들렸다. 여기에 있는 것을 들키면 안 된다.

마음이 급해졌다.

두리번거리며 숨을 곳을 찾았다.

지연이와 봄이는 헌 이불속에 숨고, 민규는 대야를 쓰고 엎드렸다. 현우는 마땅히 숨을 곳을 찾지 못하고 한참 두리번거리다 선반 사이 퀴퀴한 먼지가 덮여있는 작은 공간에 몸을 숨겼다. 먼지를 싫어했지만 어쩔 수 없었다.

그 사람은 창고를 잠깐 기웃거렸다.

"쥐가 있나…."

다행히 그냥 지나갔다.

"휴, 살았다. 난 또 들키는 줄 알았네…."

봄이는 안도의 한숨을 쉬었다. 하지만 마냥 좋아할 수는 없었다. 애초부터 보석이 없거나 이 창고 안에 보석이 없는 건가 싶기도 했다. 하지만 아무도 그 말을 입 밖으로 내지는 않았다.

아무런 단서도 없는 지금 보석이라도 찾아야 아름이의 죽음에 대한 실마리를 찾을 수 있을 것 같았다. 그런데 보석이 없을 것 같다고 말해버리면 아름이의 죽음에 대해 영원히 알 수 없을 것 같았다.

버섯

문득 현우가 숨었던 벽을 쳐다보던 민규가 신기하다는 듯
이 이야기했다.

"그런데 이 창고 신기하다. 얼마나 관리를 안 했기에 버섯
이 자라냐?"

"버섯 색이 참 예쁘다. 지금까지 이런 버섯은 본 적 없는
데. 버섯 색깔이…. 잠깐, 이거 혹시 마법 버섯 아니야?"

알록달록한 버섯이 벽에서 자라고 있었다.

보석을 찾을 때는 먼지에 가려서 버섯이 보이지 않았다.
그런데 아까 현우가 선반 사이에 숨으면서 버섯을 덮고 있던
먼지를 깨운 것 같았다. 잠에서 깬 먼지들은 사방으로 흩어
졌다가 알아들을 수 없는 소리를 내며 현우 바지에 잔뜩 달
라붙었다.

깔끔한 성격인 현우는 바지에 먼지가 가득 붙자 신경질적
으로 먼지를 털었다.

먼지들은 현우의 바지가 마음에 드는 듯 아무리 털어도 떨어지지 않았다. 계속 바지를 털자 먼지는 떨어지지 않으려는 듯 평소에 잘 꺼내지 않는 먼지 손까지 꺼내서 바지를 꼭 붙잡았다.

몇몇 먼지가 현우 바지에 붙어서 종알종알하는 소리를 내자 바닥에 떨어져 있던 다른 먼지들도 알아들을 수 없는 종알거리는 소리를 내며 현우의 바지에 몰려들었다.

현우의 바지는 먼지로 완전히 덮여버렸다.

현우의 다리에 거대한 솜뭉치가 붙은 것처럼 보였다. 바지에 붙은 먼지를 터는 게 힘들어 보였다. 현우가 바지의 먼지를 터는 것을 포기하자 봄이가 현우를 안쓰럽게 쳐다보았다.

그 덕에 버섯이 드러난 것이다.

아이들은 먼지보다 마법 버섯에 더 관심을 보였다. 버섯을 만지기도 하고, 마법 지팡이로 건드리기도 하면서 마법 버섯 앞에 옹기종기 모였다.

"애들아, 이 먼지들 좀 어떻게 해줘. 먼지들이 내 바지를 너무 꽉 쥐고 있어서 걷기도 힘들어."

봄이가 마법 지팡이를 흔들며 마법 주문을 외자, 먼지들이 현우 바지에서 떨어졌다.

먼지들은 바닥에 떨어지면서 뒤집혀서 먼지 손을 버둥거렸다. 꼭 무당벌레가 뒤집혀서 버둥거리는 것 같았다.

먼지들은 그것보다 조금 더 복슬복슬하긴 했지만.

봄이는 먼지들이 너무 귀엽다며 하나를 키워야겠다고 하면서 현우에게서 떨어진 먼지 하나를 주워 호주머니에 넣었다.

먼지는 아랑곳하지 않고 버섯을 살펴보던 민규가 말했다.

"와, 버섯들이 죄다 벽을 뚫고 자라고 있네. 곧 벽도 뚫리겠다."

"무슨 소리야. 힘없는 버섯들이 어떻게 이 단단한 벽을 뚫을 수 있냐? 말도 안 돼."

"그래? 그럼 한 번 확인해볼까?"

민규가 장난삼아 벽을 쳤다.

갑자기 우당탕하며 벽이 부서졌다. 벽이 부서진 곳에 커다란 구멍이 생겼다.

"야, 김민규. 뭐 하는 거야. 미쳤냐? 우리 다녀갔다 하고 아예 광고하지, 그래?"

현우는 어이없는 표정으로 민규에게 말했다.

"어? 잠깐만, 여기 좀 봐. 뭐가 있는데?"

벽 안에서 뭔가 반짝였다.

구멍 사이로 손을 넣어 보았다. 민규 손에 무언가 차갑고 매끈한 것이 만져졌다.

분명 벽 안에 뭔가가 있었다.

민규는 벽 안의 물건을 잡으려고 손을 더 깊이 집어넣었다. 손끝에 닿기는 했지만, 손에 잡히지 않았다.

그런데 손끝에 닿는 느낌이 이상했다.

"어? 마법의 힘이 느껴져. 처음 느껴보는 힘이야."

민규가 마법의 힘을 더 느끼려는 듯 손끝에 집중했다.

그 모습을 지켜보던 지연이가 조용히 창고 밖으로 나갔다.

"지연아, 어디가? 들키면 큰일 나. 밖이 어두운데…."

봄이가 걱정했지만 지연이는 아랑곳하지 않고 창고 밖으로 나갔다.

지연이는 창고 밖으로 나가서 숲속을 살폈다.

지연이 역시 창고 벽 안에서 마법의 힘을 느낀 것이다. 마법 능력이 꽤 좋은 지연이는 벽 안에서 느껴지는 마법의 힘이 보석의 힘이라는 걸 알았다.

민규의 힘만으로는 안 될 것 같아 벽을 팔 것을 찾으러 창고 밖으로 나온 것이다. 그런데 벽을 파기에 쓸 만한 건 별로 없었다.

한참 후 지연이는 나뭇가지와 돌멩이를 한 아름 안고 돌아왔다.

지연이는 그중 적당한 것을 골라 민규 곁으로 갔다. 그리고 마법 지팡이를 살짝 흔들었다.

지연이가 고른 나뭇가지와 돌멩이가 창고 안의 벽을 파기 시작했다.

구멍이 점점 커졌다.

다른 아이들에게도 벽 안에 반짝이는 것이 보였다.

"서지연? 벽 안에 반짝이는 뭔가가 있어! 조금만 더 파 봐.
조금만 더 파면 나올 것 같아!"

민규가 다급하게 이야기했다.

발견

시간이 한참 지났다.

빨간빛이 조금씩 보였다. 장밋빛의 루비였다.

지연이는 기쁜 마음에 보석을 들더니 큰 소리로 말했다.

"얘들아! 드디어 보석을 찾았어!"

아마 지연이가 지금까지 살면서 한 말 중 제일 큰소리일 것이다.

다른 아이들도 기쁘긴 마찬가지였다.

벽 안에 다른 보석들이 더 있을 것 같았다.

누가 먼저랄 것도 없이 지연이가 가져온 나뭇가지와 돌멩이 중에서 하나씩 골랐다.

현우는 마법을 사용해 여러 개의 나뭇가지와 돌멩이를 움직이게 했다. 다른 아이들보다 훨씬 빨리 창고의 벽을 팠다.

민규는 급한 마음에 손으로 벽을 팠다. 손이 흙으로 지저분해졌지만, 전혀 신경 쓰지 않았다.

벽의 구멍이 조금씩 더 크고 깊어졌다.

벽을 파다가 무언가 걸리는 느낌이 들면 그때부터는 조심스럽게 팠다.

두 시간 후, 아이들은 보석 세 개를 더 찾았다.

벽을 더 뒤졌지만, 더는 없는 것 같았다.

보석을 모두 찾고 나니 갑자기 벽에 있던 버섯들이 빛을 잃었다. 형편없는 잿빛으로 변한 것이다. 마치 자신의 역할이 끝나버린 것 같았다.

아이들에게 버섯은 더 이상 관심의 대상이 아니었다.

아이들은 오직 자신들이 발견한 보석에만 관심을 쏟았다. 이런 허름한 창고 벽 안에 학교의 보석이 숨겨져 있었다니. 그것도 네 개나 되는 보석이.

아이들은 자신들이 찾은 보석에 묻은 흙을 닦고 창고 바닥에 내려놓았다.

아이들의 발아래 장미같이 빨간색 빛이 도는 루비, 싱그러운 초록색 빛인 에메랄드, 깊은 바다가 떠오르는 파란색 빛의 사파이어, 세상을 다 비출 것 같은 투명한 다이아몬드까지 네 개의 보석이 반짝였다.

"와, 김민규, 버섯 관찰하다 반짝이는 보석을 찾아내다⋯. 이거 뉴스 1면에 나와도 될 거 같은데? 내 덕분에 보석을 찾아냈어. 너희들 나한테 감사하게 생각해라."

"어휴, 김민규 잘난 체 좀 그만해. 그 벽에 보석이 있다는 걸 눈치채고 진짜로 보석을 찾은 건 지연이잖아. 지연이가 벽을 파지 않았다면 우리는 그 보석을 찾지 못했을 거라고. 지연이한테 고마워해야지."

봄이가 쏘아붙이며 말했다.

지연이는 쑥스러운 듯 멋쩍은 미소를 지었다.

평소 지연이의 모습으로 돌아온 듯했다. 조금 전에 보여주던 적극적인 지연이는 찾을 수 없었다.

보석을 찾기는 했지만, 자신들이 찾은 이 보석들이 진짜 학교의 보석인지 정확히 알 수 없었다.

좀 더 알아봐야 했다.

말하는 동상이 늘 떠들어대던 내용을 생각하면 어마어마할 거로 생각했는데 거창하지 않아 약간 실망스러운 마음도 들었다.

"그래도 생각보다는 꽤 큰데? 이 보석들이 아름이를 살아나게 해주면 좋겠다."

"나도."

봄이와 현우는 실망감을 털어버리려는 듯 일부러 크고 명랑하게 이야기했다.

그런데 어떻게 해야 이것들이 진짜 학교의 보석인지 알 수 있을까?

막막했다.

그때 지연이가 좋은 생각을 냈다. 말하는 동상에 그 보석들을 가져가 보자고 한 것이다. 아이들이 하교하고 조용할 때 말하는 동상에 이 보석들이 맞는지 확인하기로 했다.

보석을 한 명에게 모두 맡겨두거나 한꺼번에 숨겨놓으면 다른 누군가 가져가거나 잃어버릴까 봐 걱정되었다.

한참 고민한 끝에 각자 하나씩 나누어 가지고 있기로 했다.

빨간색 빛의 루비는 봄이가, 푸른빛의 사파이어는 현우가, 나머지 에메랄드와 다이아몬드는 각각 민규와 지연이가 보관하기로 했다.

각자 보관하기로 한 보석들을 옷 속 깊은 곳에 넣고 창고를 나왔다.

허름한 창고의 문을 조심히 닫고 아무 일이 없었던 것처럼 교실로 향했다. 보석을 뺏긴 허름한 창고는 평소보다 더 허름해 보였다.

아이들의 관심은 온종일 보석에 쏠려 있었다.

수업을 어떤 정신으로 들었는지 기억나지도 않았다. 수업 내내 네 사람은 품속의 보석을 만지작거리며 수업이 끝나기만을 기다렸다.

수업을 모두 마치고 학교가 조용해지자 아이들은 말하는 동상 앞에 갔다. 말하는 동상이 아이들을 보자 또 수다스럽게 떠들기 시작했다.

이 학교가 어떤 학교이며, 어떻게 만들어졌는지, 놀라운 보석이 숨어 있다는 것까지.

똑같은 레퍼토리였다.

평소 같았으면 이 동상의 수다스럽고 허무맹랑한 이야기를 흘려들어 버렸을 아이들이었지만 오늘은 달랐다. 말하는 동상의 이야기를 진지하게 들었다.

동상은 평소 관심을 주지 않던 아이들이 자기 이야기를 들어주자 더욱 신나서 떠들어댔다.

"진짜 학교에 보석이 있어요?"

"그럼, 당연하지. 그 보석들은 각자 다른 엄청난 능력을 갖추고 있어. 그 능력은 비밀이야. ㅎㅎ 보석을 가진다고 사용할 수 있는 것도 아니지. 그 보석들은 보석을 가진 자와 마음이 통하지 않으면 자신의 힘을 빌려주지 않아. 보석이 자신을 소유한 사람의 간절한 마음을 느끼면 힘을 빌려주거든."

말하는 동상은 아이들이 묻는 말에 대답했다.

아이들은 동상에게 지금까지 한 이야기가 진짜냐고 물었다. 동상은 신이 나서 자신이 한 이야기는 맹세코 진짜이며 거짓이라면 자신을 불에 던져버려도 된다고 이야기했다.

아이들은 서로 눈짓을 주고받았다.

네 명의 아이가 조심스럽게 품에서 보석을 꺼냈다.

동상은 신나게 떠들다가 아이들이 꺼낸 보석을 보았다.

동상은 놀라서 두 눈이 동그래졌다. 그러더니 문득 무언가 생각난 듯 입을 다물었다. 초조한 듯 두 눈동자도 심하게 흔들렸다. 갑자기 두 손으로 입을 막고 절대 말하지 않겠다는 듯 거세게 고개를 저어댔다. 동상의 색까지 달라졌다.

지금까지 한 번도 보지 못한 모습이었다. 동상이 얼마나 놀라고 당황했는지 알 수 있었다.

동상이 갑자기 아무 말도 하지 않고 움직이지도 않았다. 일반 동상처럼 모습을 바꿔버린 것이다.

처음 있는 일이었다.

동상은 아무 말도 하지 않았지만, 아이들은 동상의 반응을 보고 이것이 학교의 진짜 보석이 맞는다는 것을 확신했다.

보석에 관해 좀 더 알고 싶었다. 그러나 동상은 절대 이야기해주지 않을 것 같았다. 말하는 동상에 보석의 정보를 얻기는 힘들 것 같았다.

쉬는 시간이나 점심시간, 하교 후에 네 사람은 보석과 아름이에 관해 알아보았다. 그 후 모두 모여 자신들이 알아본 내용에 관해 이야기를 나눴다. 아름이에 관한 이야기는 별다른 것이 없었다. 자신들이 느꼈던 것처럼 선생님들이 어느

순간부터 아름이에게 차갑게 대했던 것, 아름이의 마법 성적이 이상하리만치 형편없었던 것 정도였다.

간혹 아름이가 이한영 선생님과 이야기를 나누는 모습을 보거나 수학 선생님이 아름이를 닦달하는 모습을 보았다는 아이들이 있기도 했다. 그렇지만 그런 것들이 아름이가 죽게 된 원인이 될 것 같지는 않았다.

아름이에 관해 알아볼수록 아름이에 대한 그리움이 점점 더 커졌다.

아름이가 많이 보고 싶은 날에는, 아이들은 산책길에 들렀다. 그곳은 아름이와 자주 갔던 곳이라 가면 아름이와 있었던 추억을 떠올릴 수 있었다.

오늘도 아름이가 그리워 산책길에 갔다.

갑자기 바람이 불었다.

아름이가 좋아했던 민들레 홀씨가 날아왔다. 봄이는 그걸 보자 아름이와 민들레 홀씨를 불면서 놀던 생각이 났다. 서로 누가 더 민들레 홀씨를 멀리 날리는지 세게 불다가 서로 얼굴에 대고 불어서 서로의 얼굴에 민들레 홀씨가 다 붙어 버렸지. 민들레 홀씨 때문에 눈도 제대로 뜨지 못한 채, 마주 보고 깔깔거리고 웃었는데.

봄이는 마술 지팡이를 살짝 흔들어 민들레 홀씨로 아름이의 모습을 만들어 보았다.

"아. 아름아…."

"어. 아름이 모습이네. 아름이 너무 보고 싶다."

현우가 기운 없는 목소리로 말했다.

봄이는 갑자기 울컥했다. 자신도 모르게 눈물이 주르륵 흘렀다.

평소 잘 울지 않는 봄이었다.

아름이에 대한 그리움이 점점 더 커졌다.

봄이는 더 크게 울었다.

소리 지르는 나무

전령이 날아왔다.

전령은 마법사들끼리 간단한 이야기를 전하거나 심부름하
는 작은 요정이다.

누리가 보낸 전령이었다. 누리는 아름이가 죽던 날, 학교에
서 아름이를 보았다고 한다. 전령이 스피커같이 생긴 입으로
누리의 말을 전했다.

"아름이가 죽던 날 교무실 앞에 아름이가 서 있었어. 아름
이가 선생님들 때문에 힘들었다고 했는데 교무실 앞에 있어
서 의아했거든. 그래서 아름이를 계속 봤지."

수학 선생님이 아름이를 닦달했다는 건 알고 있었는데 아
름이가 직접 교무실에 갔다고? 아름이가 왜 교무실에 갔을
까?

전령이 전하는 것이라 물어볼 수 없었다.

전령은 계속 이야기했다.

"그런데 이상한 게 하나 있었어. 아름이가 교무실을 나올 때 무언가를 숨기듯이 주머니를 꼭 감싸 안고 나오더라고."

전령이 전한 것은 거기까지였다.

누리의 이야기를 모두 전한 전령은 까르륵 웃으며 다른 곳으로 날아갔다. 아이들은 생각에 잠겼다. 교무실에서 뭘 가지고 나온 거지? 알 수 있는 것이 거의 없었다.

아름이가 왜 죽게 되었는지, 어떻게 죽게 되었는지 알 수 없었다.

무언가 막혀버린 것 같았다.

보석의 능력이라도 알면 아름이에 관한 내용을 찾을 수 있지 않을까?

"보석이 분명히 놀라운 능력이 있다고 했는데…. 보석의 능력을 안다면 도움이 될 거야."

답답한 아이들은 다시 말하는 동상에 갔다. 아이들은 동상을 협박도 하고 회유도 했다. 말하는 동상은 단순한 데다 수다스러운 편이라 잘 구슬리면 보석에 관한 이야기를 해줄 것 같기도 했다.

그런데 말하는 동상은 다른 이야기는 술술 하다가도 보석 이야기만 나오면 갑자기 입을 다물었다. 말하는 동상은 보석에 관해서 물을 때마다 울상을 지었다. 그래도 계속 보석에 관해 묻다 보면 수다 본능으로 자기도 모르게 보석에 관한 것을 조금씩 흘리곤 했다.

그러다가 자신이 보석에 대해 말했다는 것을 깨달으면 입을 꾹 다물었다. 그러면 갑자기 보통 동상처럼 움직이지도, 말하지도 않았다.

말하는 동상은 간지럼을 많이 타는 편이다.

특히 겨드랑이 쪽에 깃털로 조금만 간질거려도 깔깔거리며 견디지 못하고 아이들이 원하는 걸 이야기하곤 한다. 그런데 보석 이야기했을 때는 아무리 동상을 간질여도 소용없었다.

동상의 반응을 보면 동상이 보석에 대해 얼마나 말하지 않으려고 노력하는지 알 수 있었다.

말하는 동상에 더 이상의 정보를 알기 힘들 것 같았다. 네 사람은 보석에 관해 알아보기 위해 학교 도서관에도 갔다.

하지만 학교 도서관에서 찾은 책에는 학교의 역사나 전통, 학교의 상징이 네 가지 색이고 그 색이 네 가지 보석의 색을 뜻한다는 정도의 이야기만 있을 뿐이었다.

어디에서도 아이들이 필요한 보석의 사용 방법 등에 관한 구체적인 내용은 찾을 수 없었다. 학교 도서관의 책을 거의 다 찾아보았지만, 보석에 대한 정보는 찾지 못했다.

보석이 있었던 장소와 상관있지 않았을까 하는 생각도 들었다. 그렇지만 보석이 있었던 그 창고 안으로 들어가는 것은 너무 위험할 것 같았다. 만약 창고 안으로 들어갔다가 누군가에게 들키기라도 하면 큰일이었다.

그래서 보석이 있던 허름한 창고와 가장 가까운 장소에서 모이기로 했다. 들킬까 봐 기척을 숨기는 마법을 최대한으로 사용해서 허름한 창고 옆에 서 있는 소리 지르는 나무 밑에서 모이기로 했다.

소리 지르는 나무의 소리에 자신들의 소리가 묻혀 아무도 자신들의 소리를 듣지 못할 것 같았기 때문이었다.

물론 아이들도 소리 지르는 나무의 소리가 너무 커서 귀청이 찢어질 수 있으므로 소리 지르는 나무 밑에 모이기 위해서 귀마개는 필수였다.

우와아아아아아아아아~~~

도대체 뭐라고 소리를 지르는 건지.

소리 지르는 나무는 아멜리아가 지어졌을 때, 어쩌면 그 전부터 있던 커다랗고 오래된 고목이다.

나뭇가지는 하늘을 찌를 듯 높고 빽빽했다. 나무가 소리를 내면 나뭇가지가 소리를 사방으로 퍼뜨리는 역할을 하는 것 같았다.

보통의 나무들이 그렇듯 이 나무도 처음부터 소리를 낼 수 있었던 것은 아니었다.

아멜리아 마법 학교가 지어질 때 마법의 영향을 받아서 아멜리아 내의 모든 생명을 가진 것들은 말을 할 수 있게 되었다. 하지만 그 당시 교장은 모든 존재가 말을 하는 것을 좋아하지 않았다고 한다.

교장이 다시 마법을 써서 마법의 능력을 거두었는데 무엇 때문인지 소리 지르는 나무는 여전히 말을 할 수 있었다. 나무는 다른 이들과 생각을 나누고 토론하는 것을 좋아했다.

교장은 나무가 지혜를 가지고 그 지혜로 사람들과 이야기를 나누는 것이 영 못마땅했다. 그래서 나무의 말하는 능력을 거두려고 했지만, 번번이 실패했다.

교장은 나무의 말하는 능력을 거두지 못하자 약간의 제약을 걸었다. 말은 하되 사람과 대화는 안 되게 한 것이다.

나무는 그동안 자유롭게 이야기를 나누다가 대화가 되지 않으니 무척 답답했다. 자신이 보고 들은 것들을 누군가에게 알리고 싶었다.

말을 하고 싶은 마음에 계속 소리를 냈으나 교장의 마법으로 아무도 나무가 하는 말을 알아듣지 못했다.

그 후 나무의 이름은 말하는 나무가 아니라 소리 지르는 나무가 되었다. 너무 큰소리와 분명하지 않은 발음 때문에 나무의 말을 알아듣는 사람은 아무도 없었다. 물론 너무 시끄러운 나머지 그 소리를 자세히 들어 보려는 노력을 한 사람도 없었다.

그런 상황에서 봄이, 민규, 현우, 지연이 학교의 보석을 가지고 자신에게 왔다.

소리 지르는 나무는 아이들이 가진 보석들을 알아보았다. 나무는 아이들이 보석의 능력을 찾는 데 도움을 주고 싶었다. 보석의 힘으로 자신도 원래의 말하는 나무로 돌아올지도 모르는 일이다.

소리 지르는 나무는 아이들에게 보석에 관해 이야기해주었다. 하지만 자신의 소리는 아이들에게 괴성으로 들릴 뿐이었다. 그래도 나무는 포기하지 않고 계속 아이들에게 보석에 관해 이야기했다.

"오늘따라 소리 지르는 나무의 소리가 더 큰 것 같아."

아이들은 귀마개를 단단히 하고 품속에서 보석을 꺼냈다.

보석을 창고 가까이 최대한 손을 뻗어서 가까이 가져갔다. 하지만 보석들은 역시 반응하지 않았다.

어떻게든 보석의 사용 방법을 찾고 싶어서 아이들은 다들 나름의 방법으로 보석을 사용하기 위해 노력했다.

창고에 최대한 보석을 가까이해서 보석을 비벼보기도 하고, 자신들이 알고 있는 온갖 마법 주문을 외워보기도 하고, 보석을 햇빛에 비춰보기도 했다. 하지만 어떻게 해도 보석들은 어떤 반응도 하지 않았다.

소리 지르는 나무는 자신에게 남아 있던 미약한 마법의 힘을 끌어모았다.

교장이 제약을 걸어 오랜 시간 마법을 사용하지 못해서 마법의 힘이 거의 남아 있지 않았지만, 최선을 다했다.

마침내 마법의 힘을 작은 한 방울의 이슬로 만들었다.

그 이슬을 자신에게 가장 가까이 있던 아이의 마법 지팡이에 흡수시켰다.

그 아이는 봄이었다.

능력

"앗!"

봄이의 마법 지팡이가 붉게 빛나기 시작했다. 봄이가 가지고 있던 루비도 빛나기 시작했다. 봄이가 없어지고 봄이가 있던 곳에 아름이가 서 있었다.

"어? 아름아!"

아이들은 아름이를 보고 믿을 수 없다는 듯 아름이를 불렀다. 하지만, 그 아이는 아름이가 아니었다.

봄이었다.

봄이가 아름이의 모습으로 변한 것이다. 소리 지르는 나무의 도움을 받은 줄 모르는 아이들은 빛을 내는 루비를 바라보았다.

"루비가 봄이를 아름이의 모습으로 만들었나 봐."

"… 내가 아름이의 모습이라고?"

지연이가 거울을 보여주었다. 거울 속에는 그토록 그리웠던 아름이가 있었다.

"…름아…."

봄이는 자기 얼굴을 만지며 말했다.

"…내가 아름이 생각을 계속하고 있었거든. 혹시 그래서 내가 아름이의 모습으로 변한 게 아닐까?"

"그런가 봐. 그럼 봄이 네가 가진 루비는 그걸 가진 사람이 생각하는 모습으로 변하나 봐."

"그런데 어떻게 한 거야?"

"모르겠어. 보석을 들고 있던 손에 마법의 힘을 모으는데 갑자기 마법 지팡이가 붉게 빛나더니 보석에서 무슨 소리가 들리는 것 같았어. 그 소리를 따라 중얼거렸더니…."

소리 지르는 나무가 도와준 것을 모르는 아이들은 보석이 봄이의 간절한 마음을 읽고 힘을 빌려주었다고 생각했다.

봄이가 아름이의 모습으로 변해서 교무실에 간다면 선생님들은 아름이를 보고 놀랄 것이다. 선생님들의 반응을 보면 아름이에게 어떤 일이 있었는지 알 수 있을 것 같았다.

모두 교무실로 향했다.

교무실 앞에 섰을 때, 민규가 갖고 있던 에메랄드가 빛나기 시작했다. 민규에게 갑자기 누군가의 기억이 보였다.

아름이가 교무실 앞에 서 있었다.

민규는 깜짝 놀라 에메랄드를 떨어뜨렸다. 에메랄드는 사물이나 장소에 연관된 기억을 떠오르게 해주었다.

아이들의 간절한 마음을 보석들이 알아준 것이 틀림없었다. 분명 에메랄드의 이 힘도 아름이에게 일어났던 일을 알아내는 데 도움이 될 것 같았다.

아름이로 변한 봄이가 교무실 문손잡이를 잡았을 때, 교무실 안에서 소리가 들렸다. 그 소리를 듣자 봄이는 갑자기 용기가 사라졌다.

아직 보석들이 아이들에게 자신들의 능력을 다 드러내지 않았고 아이들도 다음 단계를 계획하지도 않았다. 지금 교무실에 들어가도 알 수 있는 것은 별로 없을 것 같았다.

아무런 준비 없이 부딪치는 것보다 의논이 필요했다.

교무실에 들어가는 것은 잠시 보류하는 것이 나을 것 같았다. 보석의 능력을 파악하고 그것들을 어떻게 사용해야 할지, 선생님들에게는 어떻게 접근해야 할지 의논하기로 했다.

다른 보석들의 힘을 보자 현우도 사파이어의 힘이 궁금했다. 하지만 아무리 노력해도 사파이어는 빛나지 않았다. 봄이처럼 보석을 쥔 손에 마법의 힘을 모아보았지만 아무 일도 일어나지 않았다. 사파이어가 자신에게 마음을 열어주지 않는 것 같았다.

실망스러운 마음이 들었다.

그때였다.

갑자기 현우의 마법 지팡이에서 희미하게 푸른빛이 나며 어디선가 소리가 들렸다.

'이 소리구나.'

현우는 조급한 마음으로 그 소리를 따라 중얼거렸다. 사파이어가 빛나기 시작했다.

!

현우 주변의 모든 것이 멈췄다.

현우는 놀라서 소리쳤다. 하지만 아무도 반응하지 않았다. 친구들에게 말을 걸어보았지만 아무도 대답을 하지 않고 움직이지도 않았다.

사파이어의 능력은 시간을 멈추는 것인 듯했다.

잠시 후, 주변이 원래대로 돌아왔다. 현우는 친구들에게 사파이어가 빛났을 때, 시간이 멈춘 이야기를 했다.

모두 보석들의 능력이 신기하기만 했다. 시간을 멈추는 이 능력도 분명 도움이 될 것이다. 보석과 마음이 통한 아이들은 앞으로 보석들이 자신들을 도와줄 것 같았다.

한편 멀리서 아이들을 계속 지켜보던 소리 지르는 나무는 혼자 중얼거렸다.

'내 힘이 저 아이들에게 골고루 퍼지겠지. 내 역할은 여기 까지야.'

도서관

아직 보석 하나가 남아 있었다.

지연이가 갖고 있는 다이아몬드였다.

지연이는 다른 아이들보다 마법 능력이 뛰어났다. 그래서 다른 아이들은 지연이가 가장 먼저 보석의 능력을 찾을 거로 생각했다.

누구보다도 간절한 마음이었지만 다이아몬드는 지연이를 도와주지 않았다.

지연이는 다이아몬드의 능력을 발현시키기 위해 자신이 알고 있는 모든 마법 주문을 외워보기도 하고 다이아몬드에 자신의 간절한 마음을 속삭이기도 했다. 지연이가 알고 있는 온갖 방법을 사용했다.

그렇지만 다이아몬드는 전혀 반응하지 않았다.

보석을 사용한 아이들이 보석에게서 소리가 들렸다는데 지연이는 어떤 소리도 들리지 않았다. 지연이는 자신의 간절한 마음을 몰라주는 보석이 원망스럽기도 했다.

혹시나 하는 마음에 학교 도서관에 가서 책을 다시 찾아보았지만, 다이아몬드를 사용하는 방법을 도저히 알 수 없었다.

다이아몬드의 능력이 궁금해서 애가 탈 지경이었다.

말하는 동상은 보석의 'ㅂ'만 나와도 깜짝 놀라며 입을 꽉 다물었기 때문에 더 이상 말하는 동상에 물어볼 수도 없었다.

아멜리아 교장 선생님은 꼼꼼한 성격이라 학교의 건물마다 그 건물과 관련된 역사를 기록해 놓았다. 답답해진 지연이는 건물에 대한 기록에 다이아몬드에 관한 정보가 있을까 싶어 학교 곳곳을 돌아다니며 살펴보았다.

그 어디에도 자신이 알고 싶은 보석에 관한 내용은 찾을 수 없었다.

그나마 학교의 역사에 대한 자료가 가장 많은 곳은 학교 도서관이었다. 지연이는 학교 도서관부터 다시 찾기로 했다. 친구들 없이 혼자서 다시 학교 도서관부터 구석구석 다 뒤지기로 했다. 책장에 있는 책 하나하나를 다 펼치며 내용을 살폈다.

지연이가 도서관을 뒤진 지 며칠이 지났을까.

학교 도서관을 뒤지던 지연이는 아이들이 거의 가지 않는 도서관 제일 꼭대기 층에 있는 책장의 제일 위쪽 구석에서 아주 오래된 책을 한 권 찾았다. 지금까지 몇 번이나 학교 도서관을 찾았지만 발견하지 못한 책이었다.

얼마나 오래됐는지 책 위에는 먼지가 뿌옇게 앉아 있었고, 책 군데군데 거미줄도 처져 있었다.

책의 제목은 '아멜리아'였다.

학교랑 이름이 같은 책이었다. 두께도 꽤 두꺼웠다. 책의 표지는 가죽으로 되어 있었는데 아주 오래된 듯 모서리 여기저기의 가죽이 닳아 있었고, 가장자리는 손때가 묻어 번질거렸다.

'왜 지난번에 도서관을 찾았을 때는 이 책을 찾지 못했을까?'

학교의 이름과 똑같은 제목은 지연이를 더 궁금하게 만들었다.

책장에서 조심스럽게 책을 꺼냈다. 꽤 무거웠다. 책을 꺼내면서 한참 동안 낑낑거렸다. 책을 읽기 위해 책상에 앉았다.

지연이가 책 위의 먼지를 털려고 후-하고 입김을 불자, 책 위에 있던 먼지가 사방으로 날아갔다. 장난꾸러기 먼지들은 근처에 앉아서 책을 읽고 있던 아이들의 코에 대롱대롱 매달렸다.

"어? 먼지들이 여기에 왜 있지? 에취-."

하아.

역시 장난꾸러기들이다.

먼지들은 아이들의 코에 매달려 간질이는 장난을 치기 시작했다. 먼지를 불어 날리는 건 조심했어야 했는데.

먼지들이 친 장난 때문에 지연이 주변에 앉아 있던 아이들이 재채기하기 시작했다. 먼지들은 아이들이 한 재채기 바람에 날아가면 또 다른 아이의 코에 매달려 코를 간질였다.

지연이는 자신이 먼지를 날린 것을 들킬까 봐 고개를 푹 숙였다. 다행히 아이들은 몇 번 재채기하더니 별 반응 없이 자신들이 읽던 책을 계속 읽었다.

그 아이들은 먼지가 어디서 왔는지는 관심이 없는 듯했다.

먼지들도 아이들이 자신들의 장난에 반응이 없자 곧 장난이 시들해진 듯했다. 먼지들은 알 수 없는 소리를 종알거리며 도서관 밖 다른 누군가에게 장난을 치러 날아갔다.

'다행이다.'

아마 지연이 성격상 아이들이 지연이가 먼지를 날렸다는 걸 알았다면 지연이는 아이들의 시선을 견디지 못하고 바로 도서관을 나갔을 것이다.

지연이는 책에 마법 지팡이를 댔다.

책이 펼쳐지며 책의 내용이 지연이 앞에 펼쳐졌다. 책은 아주 오랫동안 열지 않았는지 책이 펼쳐지자마자 쩍 하는 소리를 냈다.

책의 내용은 지연이의 생각대로 아멜리아 마법 학교와 관련된 이야기였다.

지연이는 이 책에서 보석과 관련된 뭔가 찾기를 간절히 바랐다. 하지만 책 속의 내용은 이미 말하는 동상이 늘 떠들던, 아이들이 다 알고 있던 내용이었다. 새로운 이야기는 없었다. 지연이는 애써서 찾은 책이 자신이 다 알고 있는 내용이라 조금 실망스러웠다. 그래도 혹시나 하는 마음에 책을 끝까지 보았다. 자신들이 몰랐던 내용이 나오거나 말하는 동상이 다 말하지 않았던 내용에 대해서 나올지도 모르기 때문이다.

책을 꼼꼼하게 읽었다. 역시 새로운 내용은 찾을 수 없었다.

책을 한참 보다가 보니 책의 중간쯤 몇 페이지가 찢겨 있었다. 일부러 찢은 것 같았다. 어떤 페이지는 전체가 찢겨 없어지기도 했고, 어떤 페이지는 페이지 일부가 작게 찢겨 있기도 했다.

실수는 아니었다.

'책을 왜 이리 찢어놨을까?'

없어진 부분의 내용이 궁금해진 지연이는 찢어진 앞뒤 내용을 더 꼼꼼하게 읽었다. 앞부분의 내용은 정확하게 알 수 없었다. 찢어진 페이지의 뒷부분에 보석에 관한 부분이 조금 있었다.

지연이의 눈이 번쩍 뜨였다.

다시 집중해서 꼼꼼하게 보기 시작했다. 책이 많이 찢어진 데다 오래되고 낡아서 중간중간 읽기 힘든 부분들도 있었지만, 차근차근 읽으니 보석에 관해 대략이나마 알 수 있었다.

'다이아몬드는 마법의 힘을 증폭해… 주의해야 할 점… 소유한 사람이 딱 한 번…쓸 수 있… 것이다.'

읽을 수 없는 부분들을 빼고 읽었다.

다행히 일부 내용이 남아 있어 이해할 수 있었다. 뒤에 뭔가 내용이 더 있었지만, 페이지째 찢겨나가서 더 이상 알 수 없었다.

다이아몬드를 딱 한 번만 쓸 수 있다니.

실망스러웠지만 다이아몬드의 힘을 알게 된 게 어딘가.

다이아몬드를 발현시킬 방법이 있을까 해서 책을 계속 읽어보았다. 다이아몬드에 관한 내용은 그게 전부였다.

책에는 다른 보석의 힘에 관한 내용도 있었다.

그것도 다이아몬드에 관해 쓴 부분과 마찬가지로 일부분이 찢겨 있고 알아볼 수 없는 곳도 있었다. 다행히 조금씩 남아 있는 부분으로 유추할 수 있었다.

지연이가 보석에 관해 정리한 내용은 '루비는 10분동안 모습을 바꿀 수 있는 능력이다. 에메랄드는 사물이나 장소에 연관된 기억을 떠오르게 하는 사이코메트리 능력을 갖추고 있다. 사파이어는 시간을 멈출 수 있는 능력으로 그것을 소유한 사람은 딱 세 번 사용할 수 있다.'이다.

지연이는 마법 지팡이로 전령들을 불렀다.

전령들이 날아왔다.

지연이는 보석에 관해 정리한 내용을 전령들에게 알려주었다. 전령들은 지연이가 전하는 내용을 꿀꺽 삼키고 그것을 전하기 위해 다른 친구들에게 날아갔다.

아름이의 일기장

지연이는 '아멜리아' 책을 여러 번 꼼꼼하게 보았지만, 책에서 아름이와 관련된 내용은 없었다. 하긴 이 오래된 책에 최근에 관한 내용이 있을 리가 없었다.

답답한 아이들은 점술사에게 찾아가 아름이의 죽음에 관해 물었다. 점술사는 아름이와 관련해서 수정구슬이 탁해질 정도로 검은 연기가 가득 보인다며 아름이의 죽음에 강한 흑마법이 작용한 것 같다고 했다.

수정구슬에 언뜻 학교 선생님들의 얼굴이 보였다.

"어? 이 사람들은 뭐예요?"

"아, 이 사람들은 그 아이와 관련된 사람들이네. 그런데 이 사람들도 약하지만, 흑마법에 걸려 있는 듯하군. 이 사람들도 조심해."

"위험한가요?"

"아니, 그 정도는 아니야. 하지만 이 사람들은 자신이 흑마법에 걸려 있는지도 모르고 있네."

선생님들을 다시 살펴봐야 할 것 같았다.

봄이가 루비의 능력을 이용해 과학 선생님으로 변신해 선생님들을 엿보기로 했다. 봄이가 과학 선생님을 떠올리자 아이들 앞에 과학 선생님이 나타났다.

아무리 봐도 과학 선생님이었다.

다시 봐도 신기했다.

"와, 진짜 과학 선생님이네. 신기하다."

"아아. 진짜 과학 선생님 같아? 어? 목소리도 과학 선생님인데?"

"봄아, 너 진짜 과학 선생님 같아."

"정말 신기하다."

다른 아이들은 봄이가 교무실에 다녀와서 신호를 줄 때까지 과학 선생님을 찾아서 선생님이 교무실에 가지 못하게 잡아 놓기로 했다. 현우, 민규가 과학 선생님을 찾아서 엉뚱한 소리로 시간을 벌고 있는 사이 과학 선생님으로 변신한 봄이는 조심스럽게 교무실로 들어갔다.

마침 선생님들이 아름이에 관해 이야기하고 있었다.

봄이는 자신의 정체가 들킬까 봐 조심스럽게 선생님들 뒤에 섰다. 다행히 다른 선생님들은 봄이를 전혀 의심하지 않았다.

"송아름 학생 참 딱하게 됐어…. 우리가 너무 심했나?"

"아니, 아름이가 죽을 줄 우리도 몰랐잖아."

"아름이가 그 사실을 안 이상 어쩔 수 없지 않아? 이 일들은 그대로 묻힐 거야."

"그래도 아름이가 죽지 않았으면 좋았을 텐데."

"그러게. 그랬으면 한 명 덜 구해도 되었을 텐데, 아, 한 명을 어디서 또 구하지?"

'이게 다 무슨 소리야?'

봄이는 선생님들의 대화를 듣고 소름이 끼쳤다.

봄이는 떨리는 마음으로 교무실을 빠져나왔다. 교무실에서 들었던 내용을 다른 아이들에게 알렸다.

"설마 했는데…. 역시 아름이 죽음에 선생님들이 연관된 게 확실해…."

"이 일은 우리가 생각한 것보다 더 큰 일인 것 같아."

"우리 너무 위험한 일에 휘말리는 거 아니야?"

"그렇다고 우리 아름이를 포기할 수는 없잖아."

"선생님들에게 기대하면 안 되겠어. 선생님들은 한 편인 것 같아."

"그래, 우리끼리 알아봐야겠어."

"그런데 선생님의 도움을 받지 못하면 어디서부터 알아봐야 하지?"

그래도 의지할 사람이 선생님들이었는데 도움을 받을 수 없다는 사실에 난감했다.

"아름이의 일기장이 있잖아! 거기에 뭔가가 있을 거야."

아름이는 평소 일기를 쓰고 친구들에게 보여주곤 했다.

아름이의 일기장은 마법을 사용했기 때문에 다른 사람은 볼 수 없었다. 그 마법을 아는 사람만 일기장을 볼 수 있었는데 아름이의 일기장을 통해 비밀을 공유한 느낌이라 아이들은 그 일기장을 좋아했다.

"그 일기장에 뭔가 쓰여 있지 않을까?"

"그래, 최근에는 아름이가 일기장을 우리에게 잘 보여주지 않았는데, 뭔가 써 놓지 않았을까?"

"아름이 일기장이라. 어디에 있을까?"

"아름이는 항상 책가방에 일기장을 넣어 다녔어. 책가방에 있을 것 같아."

"그럼, 아름이 책가방부터 찾아보자."

아이들은 일기장을 찾기 위해 아름이 집을 방문했다.

"안녕하세요, 어머니."

"그래. 우리 아름이 친구들이구나. 민규에게 연락받았단다. 어서 와. 이렇게 와줘서 고마워."

아이들은 아름이 어머니의 허락을 받고 아름이 방으로 갔다.

방에는 아름이의 흔적이 가득했다.

아름이가 떠올랐다.

명랑한 우리 아름이.

하지만 아름이에 대한 추억에 젖어 있을 때가 아니다. 아름이의 일기장을 찾아야 했다. 일기장에 분명히 죽음과 관련된 힌트가 있을 것이다. 그것을 꼭 찾아야 했다.

책상에 아름이의 책가방이 있었다. 아름이 책가방에는 아이들이 나눠 가진 이름표가 잔뜩 붙어 있었다.

이현우, 서지연, 송아름, 이봄, 김민규. 모두 아름이 가방에 붙은 자신들의 이름표를 하나하나 읽으면서 아름이에 대한 그리움을 달랬다.

봄이가 아름이의 책가방 안을 살펴보았다.

역시.

아름이의 책가방 안에 일기장이 있었다. 그 일기장은 아무나 볼 수 없는 비밀 일기장이다. 일기장의 비밀을 모르는 사람이 보면 일반 공책처럼 보였다. 하지만 아름이를 잘 아는 친구들은 그 공책이 일기장이라는 걸 알 수 있었다.

봄이가 일기장을 펼치고 마법 지팡이를 오른쪽으로 세 번 동그라미를 그리고, 왼쪽으로 다섯 번 동그라미를 그린 다음 '송아름'이라고 쓰고 비밀 암호를 중얼거렸다.

그러자 수업 내용이 가득 필기 되어 있던 공책의 글자가 재조합되며 아름이가 쓴 일기장 내용이 드러났다.

아마 이 일기장의 비밀을 모르는 사람이었다면 이것은 일기장이 아니라 그냥 수업 내용을 필기한 공책으로만 보였을 것이다.

마법을 풀기 전 아름이의 일기장은 정말 열심히 수업 내용을 한가득 필기해 놓은 공책이었기 때문이다.

다 함께 아름이의 일기장을 읽었다.

일기 초반에는 아름이의 일상, 재밌고 행복한 내용이 가득했다. 모두 아름이와 이 일기를 읽으며 주고받았던 이야기를 떠올렸다.

그때는 참 행복했는데.

일기를 읽어주면서 깔깔거리고 웃었던 기억이 가득했다. 그때의 추억이 떠올라 다들 자기도 모르게 입에 미소를 지었다. 그런데 일기장 중반부터 아름이의 힘들었던 일들이 쓰여 있었다.

결코 즐거운 내용이 아니었다.

아름이의 힘들었던 마음이 그대로 드러나 있었다. 친구들의 표정이 점점 어두워졌다. 특히 죽기 일주일 전 일기는 읽기도 힘들 정도였다.

봄이가 흐느껴 울자 현우가 봄이의 등을 두드리며 위로했다.

선생님들은 왜 나를 싫어할까? 설마 내가 그 내용을 들어서 그런가?

"그 내용? 그 내용이 뭐지?"

"아름이가 알고 있다는 그 내용이 아름이의 죽음과 상관있나 봐."

"그 내용이 아름이를 그렇게 만든 걸까?"

심각한 표정으로 지연이가 말했다. 현우는 믿을 수 없다는 표정이다.

'그 내용'과 선생님들과의 일을 찾기 위해 일기장을 꼼꼼하게 읽었다. 하지만 일기장에는 선생님들과의 일이나 '그 내용'에 대해 구체적인 건 없었다.

"엇!"

갑자기 민규가 소리쳤다.

"왜? 무슨 일이야?"

"여기 봐. 보석에 관한 이야기가 쓰여 있어."

'학교의 보석이 있다고 한다. 아직 그것이 어디에 있는지, 어떻게 사용하는지 알 수 없다. 보석을 찾아야 하는데 도대체 어디 있는지 모르겠다. 그 보석만 찾는다면 내가 들었던

내용과 관련해서 도움을 줄 수 있을 텐데.'

아름이의 일기를 읽고 나니 더욱 마음이 아팠다.

우리 아름이.

얼마나 마음고생을 심하게 했을까?

아이들은 아름이의 일기장을 가져가기로 했다. 일기장을 좀 더 꼼꼼하게 보면 분명히 아름이의 죽음에 대해 좀 더 찾을 수 있을 것 같았다.

"애들아, 저녁 먹고 가거라. 너희를 보니 우리 아름이가 생각나는구나."

"감사합니다."

아이들은 아름이 어머니가 차려준 저녁을 맛있게 먹었다.

"음식은 입에 맞니?"

"네, 정말 맛있어요. 감사합니다."

"아, 며칠 전에 아름이 학교 선생님이 우리 집에 다녀가셨어. 좀 젊은 남자 선생님이셨는데…. 그 선생님이 아름이 곰인형을 가져가셨어. 돌려주겠다고 하고 가져가셨는데 연락이 없으시네. 혹시 너희들이 찾아줄 수 있겠니? 아름이의 손때가 묻은 거라 우리에게는 소중한 물건이란다."

"네, 저희가 꼭 여쭤보고 찾아드릴게요."

아이들은 저녁을 맛있게 먹고 아름이 집을 나왔다.

"정말 선생님들과 연관이 있을까? 정말 그러면 소름 돋을 것 같아."

"아름이 일기 못 봤어? 연관 있는 게 틀림없어."

"그러게. 그나저나 아름이 집에 온 선생님은 누굴까? 왜 아름이 곰 인형을 들고 갔을까?"

"아름이 곰 인형에 무언가가 숨겨져 있는 게 아닐까? 봄아, 네 생각은 어때?"

"그런 거 같아. 아름이 곰 인형을 찾으려면 일단 학교로 가야 할 것 같아."

"지금은 너무 늦었으니 내일 학교에 가서 찾아보자."

탐색

다음 날 아침.

모두 학교 교문 앞에서 모였다. 선생님들이 출근도 하기 전, 이른 시간이었다. 아름이의 일기장을 읽고 나니 학교와 선생님들을 믿을 수 없었다.

아이들은 자신들끼리 몇 가지 규칙을 정했다.

첫 번째, 위험한 일이 있으면 반드시 다른 친구들에게 알리기

두 번째, 배신하지 않기

세 번째, 비밀 발설하지 않기.

각자 역할도 분담했다.

민규와 봄이는 교무실에 가서 아름이와 관련된 정보를 더 알아보기로 했고, 지연이와 현우는 선생님들의 사물함을 뒤져보기로 했다. 민규는 교무실 문 앞에서 다른 선생님들이 오는지 망을 보고 봄이는 교무실에 들어갔다. 봄이는 과학

선생님으로 모습을 바꾼 뒤 교무실로 향했다.

보석을 몇 번 사용한 봄이는 이제 보석을 꽤 능수능란하게 다루었다.

민규는 과학 선생님으로 변한 봄이를 보며 이제는 과학 선생님을 봐도 봄이라고 착각할 것 같다고 생각했다. 처음의 어색했던 모습은 찾을 수 없었다.

봄이는 과학 선생님인 척 교무실에 들어가 과학 선생님의 책상에 앉았다. 그리고 물건을 찾는 것처럼 책상 서랍을 열었다.

서랍에 녹음기가 있었다. 봄이는 주위를 살피고 아무도 없는 것을 확인하고 재빨리 호주머니 안에 녹음기를 챙겨 넣었다. 서랍을 더 뒤졌지만, 그 외에는 별것 없었다.

봄이는 교무실을 빠져나왔다.

지연이와 현우는 수학 선생님의 사물함을 뒤졌다.

수학 선생님의 사물함에는 아무것도 없었다. 지연이는 그 옆에 있는 한문 선생님의 사물함을 열었다. 한문 선생님의 사물함도 눈에 띄는 건 없었다.

한참을 찾고 있는데 문밖에서 구둣발 소리가 들렸다. 아이들은 재빨리 사물함을 닫았다.

선생님의 사물함을 뒤진 것을 들키지 않기 위해 다른 것을 찾는 시늉을 했다.

"너희들 거기서 뭘 찾고 있니?"

"어, 안녕하세요? 친구가 곰 인형을 잃어버렸다고 해서 같이 찾고 있어요!"

"곰 인형? 교무실에는 없던데. 아, 아까 공터에 곰 인형이 하나 있던데…. 혹시 그것인가? 저기 보이는 곰 인형 맞니?"

경비 아저씨가 창문 밖으로 가리킨 곳에는 낡은 곰 인형이 덩그러니 버려져 있었다.

"맞아요!"

"감사합니다."

선생님이 가져갔다는 곰 인형이 틀림없었다. 아름이 부모님께 곰 인형을 가져다드리기 위해 인형을 가지러 갔다.

곰 인형이 좀 이상했다.

무슨 마법을 부렸는지 곰 인형 심장 쪽의 털에는 불에 그을린 자국이 있었고, 재봉선을 따라 인형의 가슴 부분이 뜯어져서 곰 인형 속의 동글동글한 솜이 바깥으로 튀어나와 있었다.

그뿐만이 아니었다.

인형의 두 눈은 무언가로 뜯어낸 듯 반쯤 떨어져서 덜렁거리고 있었다.

"이게 무슨 일이야? 이거 아름이 곰 인형 맞는 것 같은데?"

"맞는 것 같아. 발바닥에 S.A.R.이라고 쓰여 있잖아. 아름이의 이니셜 아닐까?"

"근데 곰 인형이 왜 이렇게 되어 있지?"

"그러게. 불에 그을린 자국들은 마법 지팡이로 마법을 사용한 흔적 같아. 곰 인형 안에 뭔가 있는지 찾았나 봐. 그걸 가져가고 필요 없어서 여기에 버린 게 아닐까?"

"그러고 보니 맞는 것 같다. 마음이 되게 급했나 봐. 내가 마법을 사용해도 이것보다 낫겠다. 그런데 이 상태로 갖다드릴 수는 없어."

지연이가 곰 인형에서 나온 솜을 곰 인형 안으로 집어넣었다.

마법을 사용하자 곰 인형은 언제 뜯겼냐는 듯 원래 모습으로 돌아왔다. 다행히 아름이 어머니께 곰 인형을 원래 모습으로 돌려드릴 수 있을 것 같았다.

아이들 각자 자신들이 찾은 것들을 들고 다시 모였다.

먼저 봄이가 녹음기를 틀었다.

녹음기 속의 교장 선생님은 무척 화가 나 있었다.

"도대체 일 처리를 어떻게 했길래 송아름 학생이 그 사실을 알고 있습니까!"

"아름이는 제가 입단속 시키겠습니다!"

수학 선생님의 목소리였다. 도대체 무슨 일일까?

"선생님이 책임지고 처리할 수 있겠습니까?"

"네, 제가 책임지고 처리하도록 하겠습니다. 그리고 송아름 학생이 가져간 …도 반드시 찾도록 하겠습니다."

중요한 것을 말한 것 같은데 그 부분이 제대로 들리지 않았다.

아름이가 뭘 가져갔다는 걸까?

녹음기에 귀를 기울이고 있는데 치치치칙….

녹음기가 꺼졌다.

"설마… 아름이의 죽음에 교장 선생님도 연관이 있는 거야?"

"도대체 어디까지 연결되어있는 거야?"

"와, 소름. 아, 맞다. 아름이 곰 인형! 민규야, 곰 인형에 손대 봐!"

민규는 한 손에 에메랄드를 쥐고 다른 한 손으로는 곰 인형에 손을 가져갔다. 민규는 가만히 눈을 감고 집중했다.

어떤 기억이 떠올랐다.

기억 속에서 민규는 아름이가 되었다.

아름이는 곰 인형에게 고민을 털어놓았다.

"어떻게 하지? 학교에서 그런 일이 일어나고 있는 줄은 상상도 못 했어. 그런데 이 일을 친구들에게 이야기하면 안 될 것 같아. 친구들도 위험해질 수 있으니까. 그나마 곰 인형 네가 있어서 다행이야."

아름이는 곰 인형을 끌어안고 울었다.

갑자기 장면이 바뀌었다.

그날, 아름이는 평소처럼 학교 수업을 듣고 집에 가던 중이었다.

교무실을 지나가는데 아름이가 평소에 좋아하던 도덕 선생님이 보였다. 도덕 선생님께 인사하러 교무실에 들어가려고 교무실 문 앞에 서서 머리를 손으로 쓰다듬고 옷을 단정하게 정리했다.

"이거 잘 부탁해."

"지금까지 우리 노력의 결실이 농축된 거니까 조심해서 다뤄야 해."

수학 선생님과 사회 선생님이 대화하며 작고 투명한 유리병을 들고 있었다. 유리병 안에는 맑은 물 같은 투명한 액체가 찰랑대고 있었다.

아름이는 그 작고 투명한 유리병을 보는 순간 그날 밤의 일이 떠올랐다.

이한영 선생님과 그 남자가 대화할 때도 저것과 똑같이 생긴 작고 투명한 유리병을 가지고 있었다.

그때 그 두 사람의 대화 내용은….

그때의 기억이 떠오른 아름이는 그 자리에 털썩 주저앉았다.

수학 선생님은 소리가 나는 곳을 보고, 교무실 문 앞에 주저앉은 아름이를 발견했다. 아름이는 실수로 넘어졌다며 억지로 웃으며 수학 선생님에게 큰 소리로 인사했다. 평소 명랑한 아름이 모습 그대로였다.

다행히 수학 선생님은 자신들의 대화를 들었을 거로 생각하지 못했다.

수학 선생님 책상 위에 투명한 유리병이 놓여 있었다. 수학 선생님이 다른 곳을 보는 사이 아름이는 투명한 유리병을 가지고 급하게 교무실을 벗어났다.

여기까지가 곰 인형이 들려준 아름이의 기억이다.

'누리가 했던 이야기가 이거였구나.'

민규는 곰 인형에게서 손을 뗐다.

아이들은 민규의 기억을 통해 선생님들, 특히 수학 선생님이 아름이의 죽음과 직접적인 관련이 있다고 확신하게 되었다.

"혹시 수학 선생님이 아름이가 그 유리병을 가져간 걸 알게 된 거 아닐까? 그리고 교장 선생님까지 그 사실을 알게

된 것 같아. 그게 학교나 교장 선생님께 굉장히 중요한 건가
봐."

"아름이 집에 왔다는 그 선생님이 수학 선생님인 것 같지?
수학 선생님을 좀 더 자세히 조사해야 할 거 같아."

"곰 인형 가슴이 뜯어진 것도 그 유리병 때문인 것 같아."

3장

비밀

은폐

학교 뒤 으슥한 곳에서 수학 선생님이 서류를 잔뜩 쌓아놓고 그 서류들을 태우고 있었다. 불이 잘 붙지 않는지 불꽃이 나오는 마법을 계속 중얼거렸다.

지연이가 담임 선생님을 찾다가 수학 선생님을 발견했다.

"선생님. 여기에서 뭐 하세요?"

"어? 아무것도 아니야. 늦었는데 아직도 안 갔니?"

지연이가 보지 못하도록 수학 선생님은 태우고 있던 것들을 몸으로 가렸다. 당황하는 선생님을 보자 분명히 무언가 숨기는 것이 있다는 확신이 들었다. 곰 인형과 녹음기에서 들었던 수학 선생님 목소리가 생각났다.

지연이는 평소 같지 않게 일부러 크게 말하며 수학 선생님을 떠보았다.

"선생님, 뭘 태우고 계셨어요? 어휴, 냄새."

"태우긴 뭘 태워. 마법 연습하고 있었지. 요즘 잘 안 써서

그런지 마음대로 잘 안되더라고. 하하. 선생님은 먼저 들어가
봐야겠다."

수학 선생님은 자신이 태우고 있던 서류의 불을 끄고 반쯤
탄 서류를 껴안고 자리에서 일어섰다.

허둥지둥하는 선생님의 모습을 본 지연이는 확실히 무언가
를 숨기고 있다는 생각이 들었다.

"선생님, 저 다리가 너무 아픈데요. 혹시 데려다줄 수 있으
세요?"

"어, 그래? 조금만 기다려."

"미리 말씀드리지만, 우리 집에 가는 길이 좀 엉망이에요."

지연이는 일부러 울퉁불퉁하고 복잡한 길로 안내했다. 길
이 험해서 운전하기가 여간 힘들지 않았다. 결국 돌 사이에
끼어서 차가 옴짝달싹하지 않았다.

"지연아. 아무래도 차가 어디에 낀 거 같아. 잠깐 있어 봐."

수학 선생님은 차를 확인하기 위해 내렸다.

이때다 싶어 지연이는 선생님의 차 안을 살폈다. 평소 소
극적이던 지연이가 아니었다. 적극적으로 수학 선생님의 차
안을 둘러보았다. 지금이 수학 선생님의 차를 살펴볼 유일한
기회였기 때문이다.

의자 사이에 반짝이는 것이 보였다. 기억하는 잎이었다.

기억하는 잎이라니.

기억하는 잎에 분명 수학 선생님과 관련된 기억이 있을 거라 확신했다. 지연이는 기억하는 잎을 가방에 넣었다.

차 안의 대시보드도 뒤졌다. 안에는 수학 선생님이 끄적인 메모가 있었다. 그것도 쓸모 있을 것 같아 가방 속에 넣었다. 더 찾을 것이 없나 두리번거리고 있는데 수학 선생님이 차에 탔다. 지연이는 아무 일도 없었던 것처럼 자세를 바로 했다.

"지연아, 오래 기다렸지? 빨리 집에 가자."

"감사합니다. 선생님 내일 봬요."

마음이 급했다.

지연이는 집에 도착하자마자 씻지도 않고 책상에 앉았다. 서둘러 마법 지팡이에 기억하는 잎을 대고 마법 주문을 외웠다. 기억하는 잎의 기억이 마법 지팡이 끝에 비쳤다. 그런데 기억하는 잎에 남아 있는 기억이 없었다.

조금 더 집중하니 하나의 기억이 보였다.

그 기억의 이름은 '교장 선생님 결재'였다.

지연이는 두근거리는 마음으로 그 기억을 살짝 건드려 깨웠다. 하지만 안타깝게 그 기억도 비어있었다.

분명 뭔가가 있으리라 기대했는데 실망스러웠다.

'아, 메모도 있었지.'

지연이는 아까 찾았던 메모를 꺼냈다.

메모에는 '아멜리아 마법 학교'라고 쓰여 있었고 그 아래에는 이름이 잔뜩 메모가 되어 있었다.

'어? 이런 애도 우리 학교에 있었나?'

처음 보는 이름들이었다.

꽤 많은 아이의 이름이 쓰여 있었다. 이 이름들이 수학 선생님과 무슨 관련이 있는 거지? 아무리 생각해 보아도 지연이 혼자서 도저히 답을 찾을 수 없었다.

기억하는 잎과 메모를 다시 가방에 넣었다. 내일 친구들에게 이 메모와 기억하는 잎을 보여줘야겠다. 친구들과 의논해 보면 분명 뭔가 새로운 것을 찾을 수 있겠지.

인정하고 싶지 않았지만, 수학 선생님은 아름이의 죽음과 꽤 깊은 관련이 있는 것 같다. 아름이에 관한 이런저런 생각을 하다가 지연이는 자신도 모르게 잠들었다.

꿈

지연이의 꿈에 아름이가 나왔다.

기뻐야 할 꿈인데 깨고 나니 찜찜했다.

그리웠던 아름이를 보니 너무 반가웠다. 한달음에 달려가서 아름이를 껴안았다. 그런데 이상했다. 아름이는 아무런 표정이 없었다. 지연이의 반가움에 비해 아름이는 지연이를 보고 어떤 표정도 짓지 않았다.

표정 없는 아름이 얼굴을 보자 아름이의 죽음이 새삼 실감났다.

지연이는 아름이를 더욱더 세게 꼭 껴안았다.

"아름아. 너무 보고 싶었어. 나 보러 내 꿈속에 온 거야?"

아름이는 아무 말도 하지 않고 슬픈 표정으로 손을 들어 어딘가를 가리켰다. 지연이는 아름이가 가리키는 곳을 보았지만, 아무것도 보이지 않았다.

갑자기 안개가 자욱하게 끼었다. 안개 사이로 한 사람이 희미하게 보였다. 안개가 너무 짙어서 누구인지 알아보기 힘들었다.

'도대체 누구지?'

한참을 쳐다보았다.

안개가 약간 걷혔는지 흐릿하게 그림자가 드러났다.

남자인 것 같았다.

키가 좀 작고, 나이도 좀 있는 것처럼 보였다.

'나 저 사람 어디서 본 적이 있는 것 같은데…. 누구지?'

한참을 생각하는데 갑자기 머리 위에서 알람 소리가 들렸다.

아침이었다.

꿈이다.

그런데 꿈같지 않고 아주 선명했다.

잠에서 깬 지연이는 꿈에 관해 곰곰이 생각했다. 그 사람은 누구였을까? 하지만 당장 떠오르는 사람은 없었다. 낯이 익다는 느낌만 있을 뿐.

"너희 혹시 키가 좀 작고, 통통한 체격의 나이가 좀 있는 남자 알아?"

"그런 사람 본 적 없는 것 같은데?"

"그러게. 그 사람이 누군데 아름이와 함께 네 꿈에 나온 걸까?"

지연이는 친구들과 함께 꿈에 관해 이야기했다. 분명히 어디선가 본 사람인 것 같은데 그 사람이 누구인지 알 수 없어서 답답했다.

도대체 그 사람은 누굴까?

지연이는 자기가 알고 있는 사람들을 떠올렸다. 아무리 생각해도 꿈에서 본 그 사람은 떠오르지 않았다.

꿈을 꾼 지 이틀이 지났다.

그날 이후 아름이는 지연이의 꿈에 나오지 않았다.

아름이가 꿈에 한 번 더 나와서 궁금한 것들을 이야기해주고, 그 남자의 정체도 알려주면 좋겠는데….

지연이가 아무리 간절히 바라도 아름이는 꿈에 나오지 않았다.

그 남자는 도대체 누굴까?

지연이는 그 남자의 정체에 대해 생각하며 등교하고 있었다.

"지연아! 너 왜 아무리 불러도 대답을 안 해?"

봄이가 지연이의 등을 치며 아는 체했다.

"아, 미안해. 생각 좀 하느라고. 봄이 너 학교에 일찍 오는구나."

"아, 나 이봄! 우리 학교 최고의 모범생 아니겠니?"

"어이구. 칭찬을 못 해요."

봄이와 지연이는 중앙 현관에서 실내화를 갈아 신었다. 그때 지연이 눈에 어떤 사람이 들어왔다.

어디서 봤지? 굉장히 낯익었다.

"야, 서지연. 너 무슨 생각해? ㅋㅋ 너 좋아하는 사람 생겼구나?"

"아니야. 저 사람 어디서 본 거 같아서…."

"누구? 아~ 아까 그 선생님? 3학년 국어 선생님이잖아."

"그래? 저 선생님 어디서 봤는데…. 생각났다! 내 꿈에 나온 사람이 저 선생님이야!"

지연이가 꿈에서 봤던 그 남자는 3학년 국어 선생님이었다.

그렇다.

꿈에서 아름이가 가리켰던 사람이 3학년 국어 선생님이었다. 2학년인 지연이는 3학년 국어 선생님을 가끔 복도에서만 봐서 기억나지 않은 것이다. 아름이가 3학년 국어 선생님을 가리킨 이유가 있을 것이다.

지연이의 꿈은 조금 특별했다.

예언가인 어머니의 능력을 물려받았는지 간절히 원하는 게 있으면 그 방법을 꿈속에서 찾곤 했다.

이번에도 아름이가 알려준 것이 틀림없다.

확실했다.

3학년 국어 선생님에게 분명 아름이의 죽음과 관련한 답이 있을 것이다.

지연이는 봄이에게 점심시간에 3학년 교무실에 가자고 했다.

3학년 교무실에는 수학 선생님 자리도 있었다. 녹음기의 내용이나 곰 인형을 통해서 본 기억을 생각하면 수학 선생님은 믿을 수 없다. 수학 선생님이 있으면 섣불리 말을 꺼낼 수 없다. 만일 수학 선생님이 있다면 그냥 교무실을 나오기로 했다.

점심시간을 이용해서 3학년 교무실에 도착했다.

수학 선생님과 국어 선생님이 심각한 분위기로 대화 중이었다. 지금 들어가면 안 될 것 같았다.

어찌 보면 대화가 아니라 싸우는 것 같기도 했다. 두 사람의 언성이 꽤 높았다.

"저기요, 국어 선생님. 선생님이 이러는 거 교장 선생님이 알면 어떻게 될까요? 협조 좀 하세요. 조심하시라고요."

"협조요? 협조 같은 소리 하네. 아멜리아에서 학생이 극단적인 선택을 했는데 그런 말이 나옵니까? 죄책감 안 들어요?

다시는 그런 일에 협조해달라고 하지 마세요."

국어 선생님은 문을 '쾅' 닫고 나왔다.

지연이와 봄이는 숨었다가 국어 선생님을 몰래 따라갔다.

교무실을 나온 국어 선생님은 교사 휴게실에서 울고 계셨다.

왠지 마음이 짠했다.

한참 우시던 국어 선생님이 고개를 들었다. 국어 선생님과 지연이와 봄이의 눈이 마주쳤다. 국어 선생님은 눈물을 닦고 두 사람에게 휴게실로 들어오라고 했다.

"너희들에게 우는 모습을 들키다니 부끄럽구나. 그런데 혹시… 너희들 선생님들이 이야기하는 것도 들은 거니?"

"…네."

"너희들 아름이랑 단짝 친구였지. 너희도 알고 싶겠구나. 아름이가 왜 그런 일을 겪었는지 설명해줄게. 그 모든 일은 교무실에서 일어났어. 아름이가 교무실에서 선생님들의 말을 들었나 봐."

"그게 무슨 말이에요?"

"그건…."

그때 갑자기 휴게실 문이 열렸다.

세 사람은 깜짝 놀라 휴게실 문 쪽을 바라보았다. 휴게실에 들어온 사람은 담임 선생님인 김혜림 선생님이었다.

"어? 지연이랑 봄이구나. 선생님이 국어 선생님과 할 이야기가 있는데 자리 좀 비켜줄래?"

"네."

아이들은 머뭇머뭇하며 휴게실을 나왔다.

결국 지연이는 국어 선생님에게 아름이에 대해 들을 기회를 놓치고 말았다.

수학 선생님

지연이는 친구들에게 이야기할 것이 있다며 모여 달라고 전령을 보냈다. 전령들의 메시지를 받은 민규, 현우, 봄이는 방과 후 학교 뒷산 산책로에 모였다.

지연이는 자신의 꿈에서 아름이가 가리켰던 사람이 누군지 알았다고 했다. 그 사람은 3학년 국어 선생님인데 그 선생님이 아름이의 죽음과 관련이 있을 것 같다고 했다.

"3학년 국어 선생님?"

"그런데 우리가 찾아갔을 때 국어 선생님이 수학 선생님과 다투고 있었어. 두 사람의 사이가 좋지 않은 것 같아."

봄이가 말했다.

"그래서 어떻게 됐어?"

"이야기하려고 따라갔는데 김혜림 선생님이 들어오는 바람에 이야기는 못 했어."

"아, 아쉽다."

수학 선생님이 서류 같은 것을 불태우고 있었던 이야기도 했다.

"수학 선생님이?"

"응, 그리고…."

지연이는 아이들에게 수학 선생님의 차에서 찾은 기억하는 잎과 메모를 보여주었다. 아이들은 잎을 보자 기억하는 잎이 기억하는 내용이 무엇인지 기대했다.

"내가 이미 봤는데 기억하는 잎은 아무것도 기억하지 못했어."

"쳇, 기억하는 잎 주제에 아무것도 기억 못 하고."

민규가 툴툴거렸다. 현우가 조심스럽게 말을 꺼냈다.

"저… 수학 선생님 메모에 적혀 있는 아이들의 이름. 왠지 알 것 같지 않아?"

"나는 기억이 잘 안 나는데…."

"나는 들어 본 것 같기도 해."

"어…. 김채연이라고? 채연이는 나와 친했던 아이인데. 채연이는 얼마 전에 실종되었어."

"어? 그러고 보니 나도 채연이 부모님의 연락을 받은 적 있어."

다음 날 아침 수학 선생님의 메모에 있는 이름을 다시 살펴보았다.

이솔아, 김채연, 김성진, 최예찬, 박우현….

채연이를 제외하고 아는 이름은 거의 없었다.

낯익은 이름도 있기는 했지만 정확하게 자신들이 아는 아이의 이름인지, 스쳐 지나간 사람의 이름인지 알 수 없었다. 대부분은 잘 모르는 아이들의 이름이었다.

메모에 있는 아이들은 우리 학교에 다니는 학생들이 아닌가? 수학 선생님이 이전에 가르쳤던 제자들인가?

이 아이들이 중요한 단서가 될 수 있을 것 같다.

이 아이들의 정보를 모아야 했다. 교무실에 가서 정보를 모으기 위해 봄이가 과학 선생님으로 모습을 변신해서 교무실에 다녀오기로 했다.

과학 선생님으로 변신한 봄이는 선생님들이 출근하기 전 일찍 학교에 도착했다. 경비 아저씨와 자연스럽게 인사를 나누고 과학 선생님인 척 교무실로 들어갔다.

모든 것이 굉장히 자연스러웠다.

요즘에는 봄이 자신도 자신이 과학 선생님이 아닐까 하는 생각까지 들었다.

교무실에 들어간 봄이는 교무실 한쪽 벽에 가득 있는 학생들의 학생기록을 펼쳤다. 마법 지팡이를 이용해 메모가 되어 있던 아이들의 이름을 빠른 속도로 훑었다.

마법 지팡이는 봄이가 생각하는 아이들의 이름을 찾아냈다.

이솔아, 최예찬, 김채연…. 메모에 있던 이름을 세 명 정도 찾았다. 그 아이들이 기억나지 않았지만, 메모에 있는 아이들은 대부분 아멜리아 학생들이었다.

그때 교무실 밖에서 선생님들이 출근하는 소리가 들렸다. 봄이는 눈앞에 보이는 내용을 마법 지팡이에 담았다. 선생님들이 교무실에 들어오기 전에 재빨리 교무실을 빠져나왔다.

친구들이 있는 곳으로 돌아온 봄이는 다시 원래의 모습으로 변했다. 그리고 조심스럽게 마법 지팡이 속에서 아이들의 학생기록을 꺼냈다.

모두 봄이가 담아온 내용을 보았다.

학생기록을 보니 이솔아는 봄이와 같은 반 아이였다.

우리 반에 이런 아이가 있었나?

이솔아라는 이름이 낯설기도 하고 들어 본 것 같기도 했다. 하지만 솔직히 기억나지 않았다.

이솔아는 몇 개월 전부터 학교를 나오지 않고 있었다. 김채연, 최예찬도 학교를 나오지 않은 지 꽤 되었다.

혹시 담임 선생님이 기록하지 않았을까 해서 봄이가 가져온 학생들의 기록에서 메모에 이름이 없는 아이의 것을 펼쳐보았다. 그런데 그 아이들은 정상적으로 학교에 다니는 걸로 기록되어 있었다.

이 아이들에게 무슨 일이 생긴 것일까?

수학 선생님은 왜 이 아이들의 이름을 메모해 놓았을까?

이 아이들은 왜 학교에 나오지 않지?

그리고 왜 우리는 이 아이들을 전혀 기억하지 못하지?

설마… 이 아이들이 학교를 나오지 않는 게 수학 선생님 때문일까?

수학 선생님이 이 아이들을??

말도 안 된다.

설마 수학 선생님이 어떻게 했을 리가.

지금까지 녹음기나 곰 인형이 보여준 것을 생각하면 분명 수학 선생님이 좋은 사람은 아닌 것 같다. 하지만 우리가 지금까지 봐왔던 수학 선생님은 그런 사람이 아니다. 아이들이 들꽃을 선물하면 수줍게 웃으며 좋아하던 수학 선생님이다.

아이들이 수학 시간에 장난친다고 마법 개미를 수학 선생님 주머니 안에 넣었을 때 놀라서 벌벌 떨면서도 마법 개미를 죽이지 못했다. 마법 개미조차도 죽이지 못하는 마음 약한 수학 선생님이 이렇게 많은 아이를 해코지했을 리 없다.

도대체 이 아이들의 이름을 왜 메모해놓은 걸까?

아이들이 갑자기 학교에 나오지 않아서 선생님이 걱정되어 메모해놓은 건 아닐까? 이 아이들은 다 같은 학년도 아니고,

수학 선생님과 공통점도 없다.

아무리 궁리해도 답을 찾을 수 없었다.

온갖 생각에 머리가 복잡했다.

현우가 조심스럽게 말했다.

"수학 선생님은 왜 이 아이들의 이름을 메모했을까? 나는 왜 이렇게 수학 선생님이 의심스럽지? 애들아, 너희는 그렇지 않아?"

김혜림

아름이의 담임인 김혜림은 자기 반 아이인 아름이가 죽자, 모든 게 자신의 탓 같아 자신을 질책하며 괴로워하고 있었다.

'아름이가 죽은 지 일주일이 다 되어가는구나….'

2주 전이었다.

똑똑.

"아름이 왔니? 무슨 일이야? 뭔데 그렇게 우물쭈물해?"

"저기… 이거요. 내일 5월 15일 스승의 날인데 주말이라서 오늘 드리려고요. 선생님을 위해 초콜릿을 준비했어요. 그리고 이것도요."

아름이는 자기 교복 주머니에서 쪽지를 꺼내 선생님의 손등에 붙였다.

'선생님 사랑해요. 항상 감사합니다.'

쪽지를 읽은 김혜림은 아름이를 안았다.

"아름아, 고마워. 이 쪽지 항상 기억할게. 나도 고마워."

아름이 생각이 나자 김혜림의 눈가에 눈물이 맺혔다.

'아름이가 절대로 그런 선택을 할 리 없어.'

김혜림은 스승의 날 아름이가 준 쪽지를 다시 꺼내 읽었다.

쪽지를 꽉 쥐었다.

'도대체 아름이에게 무슨 일이 있었던 걸까?'

김혜림은 아름이가 너무 그리웠다. 한참 동안 울었다.

김혜림은 퉁퉁 부은 눈을 가라앉히려고 화장실로 향했다. 찬물로 세수하고 거울을 보았다. 물방울이 얼굴을 타고 턱에서 똑똑 떨어졌다.

"화장실이 참 깨끗했는데."

아름이는 자기 일이 아닌데도 항상 화장실을 청소했다. 마법 청소도구를 이용하면 훨씬 빨리 청소할 수 있지만 아름이는 마법을 사용하지 않았다. 마법 청소도구를 사용하면 꼼꼼하게 청소할 수 없다며 직접 손으로 화장실을 청소했다. 다른 친구가 당번일 때도 아름이가 청소를 도왔다.

그 덕에 늘 화장실은 깨끗하고 청결했다.

아름이가 떠난 후로 누구도 아름이처럼 청소하지 않았다.

넘쳐나는 휴지통, 풀어져 있어서 바닥까지 내려온 두루마리 화장지, 용액이 없어서 더는 향이 나지 않는 디퓨저. 아름이가 없는 화장실에서는 퀴퀴한 냄새가 났다.

아름이의 죽음이 김혜림 자신의 탓이 아니었지만, 김혜림은 자기 반 아이의 일이라 그런지 무척 괴로웠다. 아름이가 죽은 후 밥도 제대로 먹지 못하고 잠도 제대로 자지 못했다. 어젯밤에도 괴로워하다 평소보다 늦게 잠자리에 들었다. 덕분에 아침에 늦게 일어났다. 허둥지둥 서둘렀지만 지각이었다.

교감 선생님이 지각한 김혜림을 불렀다.

'아, 어쩐다.'

"김혜림 선생님, 저랑 잠깐 밖에서 이야기할까요?"

김혜림은 교무실을 나와 교감 선생님과 밖에 나왔다.

"선생님이 아름이 담임 선생님이시죠. 아름이가 죽고 마음이 매우 괴로울 겁니다."

교감 선생님이 자신의 마음을 알아주는 것처럼 느껴져 기분이 조금 풀렸다.

다른 선생님들이 아름이의 죽음에 대해 너무 시큰둥해서 매우 속상했다. 교감 선생님이 자신의 마음을 알아주자 속상했던 마음이 조금 풀리는 느낌이었다.

하지만 이어진 교감 선생님의 말씀은 김혜림을 더욱 속상하게 했다.

"그렇지만 김 선생님. 선생님은 계속 아름이의 죽음만을 생각하면 안 됩니다. 선생님 반에는 아름이 말고 다른 학생들도 있잖아요. 선생님은 송아름 학생 하나만의 선생님이 아녜요. 학교는 학생 전체를 위해서 움직여야 해요. 이제 송아름 학생을 잃은 슬픔에서 벗어나세요. 다른 학생들을 위해서라도 송아름 학생에게 집착하는 티를 내지 마세요."

교감 선생님의 말씀은 위로도, 응원도, 격려도 아니었다. 교감 선생님의 말씀은 가슴에 꽂히는 칼 같았다.

교감 선생님이 간 후, 교감 선생님의 말씀을 다시 곱씹어 보았다.

교감 선생님의 말씀은 무슨 뜻일까?

정말로 다른 아이들을 위해서 아름이를 잊어야 하는 걸까?

다른 사람들은 아름이의 죽음이 속상하지만 아무런 의문이 없는 걸까?

나만 아직 이렇게 미련하게 아름이를 그리워하는 건가?

마음이 복잡했다.

발이 움직이지 않았다.

두 눈에서 눈물이 흘렀다. 김혜림은 한참 동안 울었다.

김혜림은 아름이가 죽던 날의 기억을 도무지 잊을 수 없었
다.

김혜림은 그날따라 학교에 일찍 도착했다.

아침 공기가 무척 상쾌했다. 모처럼 일찍 출근한 날이었다.

김혜림은 신나게 학교로 들어섰다. 그런데 뭔가 이상했다.
잠겨 있어야 할 교문이 활짝 열려 있었다.

그뿐만이 아니었다. 사이렌의 시끄러운 소리, 경찰차와 구
급차, 분주하게 뛰어다니는 사람들. 지금 시간이면 조용해야
할 학교가 외부인으로 가득 차 소란스러웠다.

왜 이렇게 사람이 많지?

불안하고 무서웠다.

김혜림은 사람들이 모여 있는 곳을 쳐다봤다.

'아…. 이럴 수가. 말도 안 돼.'

김혜림은 믿을 수 없었다.

들고 있던 가방을 떨어뜨렸다. 자신이 본 대상에게 다가갔
다. 무거운 발걸음을 옮기며 생각했다

사실이 아니라고. 진짜가 아니라고. 잘 못 본 거라고….

김혜림은 지금 자기 눈앞의 상황이 꿈이기를 바랐다.

김혜림이 본 것은 붉은 피를 흘리며 쓰러져 있는 송아름이
었다.

김혜림이 다가가자 경찰이 그녀를 막았다.

"더 이상 진입이 불가합니다."

김혜림은 자신이 이 아이의 담임 선생님이라며 진짜 우리 반 학생이 맞는지 제대로 확인하게 얼굴이라도 자세히 보여 달라며 사정했다.

경찰은 단호했다.

학생들이 등교하기 전에 현장을 정리해서 학생들의 혼란을 최소화해야 한다며 김혜림을 뿌리쳤다. 김혜림은 경찰을 붙잡고 물었다.

도대체 무슨 일이 있었던 거냐고.

경찰은 아직은 밝혀진 게 없다며 학교 안으로 들어가야 한다면 학교 뒤쪽의 계단을 이용하라고 했다.

"무슨 소리예요? 제 학생이 죽었어요! 우리 반 학생을 보고 그냥 갈 수 없어요. 무슨 일인지 말 좀 해주세요!"

김혜림은 경찰을 붙잡고 담임으로서 경찰에게 협조하겠다고 했다. 김혜림이 도저히 물러설 기미를 보이지 않자 경찰은 신분을 확인하고 김혜림을 경찰서로 데려갔다.

김혜림은 조사받기 전, 아름이가 어떻게 죽었는지 물었다.

"자세히 밝힐 수는 없지만, 송아름 학생은 자살했습니다."

"네? 아름이는 자살할 아이가 아니에요. 얼마나 밝은 아이 인데요. 보증할 수 있어요."

조사 도중 다른 경찰이 들어와서 김혜림을 조사하던 경찰의 귀에 속삭였다. 두 사람은 심각한 표정으로 귓속말을 한참 주고받았다.

김혜림을 조사하던 경찰은 굳은 얼굴로 말했다.

"알겠습니다. 가셔도 됩니다. 더 이상 참고인 조사는 필요 없을 것 같군요. 수고하셨습니다."

"네? 도대체 무슨…? 뭔가 더 발견된 건가요?"

경찰은 아무 말 없이 김혜림을 조사실에서 데리고 나갔다.

조사

톡 토독.

경찰서를 나온 김혜림은 하늘을 보며 바깥으로 손을 뻗었다. 손바닥에 빗방울이 떨어졌다.

봄비인가.

김혜림은 마법 지팡이를 살짝 흔들어 방수 마법으로 몸을 감쌌다.

추적추적 내리는 빗소리와 차들이 지나가면서 내는 물소리…. 길가가 소란스러웠지만, 그 어떤 소리도 김혜림의 귀에 들리지 않았다.

아름이가 생각날 때마다 마음이 아팠다. 제자를 지켜주지 못한 미안함, 안타까움 등 여러 감정이 뒤엉켜 힘들었다.

분명 비를 맞지 않으려고 마법을 사용했지만, 비를 맞은 것처럼 몸은 으슬으슬 떨리고 귀에는 삐 하는 소리만 들렸다.

정신없이 걷다 보니 어느새 학교에 도착했다. 한참 걸은 덕인지 마음이 조금 추슬러진 것 같았다.

김혜림은 생각을 바꾸기로 했다.

자신이 슬퍼하고 괴로워한다고 해서 이 상황을 해결할 수 있는 것은 아니라는 것!

우울해하는 것보다는 아름이를 생각해서 힘내야 한다는 것! 하지만 여전히 마음 한구석이 답답했다. 풀리지 않은 응어리가 가슴에 맺혀 있는 것 같았다. 체한 건가 싶어 가슴을 쳐봐도 답답함이 풀리지 않았다.

수업 종이 울렸다.

교실에 들어가야 했다. 아무 일도 없었던 것처럼 수업하기 힘들었다. 교실에 들어가서 아이들에게 이야기했다.

"애들아, 다들 조용히 하고 자리에 앉아줘. 오늘 사정이 생겨서 제대로 된 수업을 못 할 것 같아. 그래서 너희끼리 조용히 자습해야 할 것 같아."

아무것도 모르는 반 아이들은 수업이 빠져서 신났다. 교실이 떠나갈 듯 소리를 질렀다.

김혜림은 생각했다.

'그래, 너희들이라도 즐거워서 다행이다. 자습은 몇 번이라도 줄 수 있으니까 그래도 괜찮으니까, 다시 아름이가 돌아와 주면 좋겠다.'

김혜림은 교무실로 향했다.

교무실 문 앞에 서서 크게 심호흡했다. 마음이 조금 진정되자 교무실 문을 열었다.

교무실 안은 생각보다 평화로웠다.

김혜림은 아이들이 혼란스럽지 않도록 마음을 잡아야겠다고 결심했다. 애써 웃는 표정으로 하루를 보냈다. 물론 아름이에 대한 마음이 괜찮아진 것은 아니었다. 그렇지만 아이들에게 아름이 일을 미리 이야기해서 혼란스럽게 하고 싶지 않았다.

김혜림은 아름이의 죽음에 관해 좀 더 알아봐야겠다고 생각했다. 우선 아름이의 학교생활이나 가정생활에 자신이 담임으로서 놓친 것이 있는지 기록을 다시 꼼꼼히 살폈다. 그리고 반 아이들에게 아름이의 평소 학교생활에 관해서 물어보기도 했다.

나름의 방법으로 아름이의 죽음에 대해 알아보기 시작한 것이다.

일종의 책임감 같은 것이었다. 내 제자의 죽음에 대해 제대로 밝혀서 혹시나 있을지도 모르는 억울함이 있다면 그것을 풀어주고자 하는.

그런데 조사하면 할수록 오히려 미궁에 빠지는 것 같았다.

아름이는 죽을만한 아이가 아니었다. 그런데 아름이의 죽음에는 작은 의혹이나 빈틈도 느껴지지 않았다. 오히려 그 점이 김혜림을 더 의심스럽게 했다.

며칠이 지났다.

아름이의 학교생활을 조사하던 김혜림은 환기할 겸, 창문을 열었다.

따스한 햇볕과 바람이 느껴졌다.

창밖을 바라보았다.

적당히 따뜻한 햇볕과 바람. 덥지도 춥지도 않은 적당한 화창한 날씨였다.

'이런 날에는 아이들과 야외 수업하면 진짜 좋은데….'

잠시 창밖을 보던 김혜림은 아름이와 함께 어울려 다니며 항상 오총사로 뭉쳐 다니던 아이들을 아직 부르지 않았다는 게 생각났다.

그 아이들은 뭔가를 알고 있는 것이 없을까? 친했던 아이들이니 실마리가 있지 않을까.

김혜림은 현우, 민규, 지연, 봄이에게 전령을 보냈다.

"이현우, 김민규, 서지연, 이봄. 이 네 명에게 나에게 오라고 해줘. 다른 아이들에게는 알리지 말고 조용히 불러와."

전령은 빠른 속도로 네 사람을 찾으러 갔다.

"선생님, 저희를 찾으셨다고 해서요."

"맞아. 여기 잠시 앉아 볼래? 너희들과 하고 싶은 이야기가 있어서…. 너희들 아름이랑 친했잖아."

짧은 정적이 흘렀다.

"송아름 이야기라면 더는 말하고 싶지 않아요. 저희도 지금 힘들고 괴로워요. 아름이 이야기는 더 이상 하지 말아 주세요."

민규가 갑자기 벌떡 일어나더니 교무실을 박차고 나가버렸다.

"민규야, 같이 가! 야! 김민규!!"

나머지 아이들이 엉거주춤 자리에서 일어났다.

"선생님, 저희가 대신 사과드릴게요. 민규가 아름이랑 아주 친했거든요. 그래서 민규가 많이 괴로워하고 있어요."

"선생님…. 저희도 아름이가 너무 보고 싶어요."

"지연아, 울지 마. 선생님은 아직 아름이의 죽음이 믿기지 않아. 너희를 속상하게 하려고 부른 건 아니야. 너희도 알겠지만 아름이가… 자살…이라니. 믿기지 않아서…. 너희들은 혹시 아는 게 없니?"

"네…."

"그래, 알겠다. 나도 너희와 같은 마음이란다."

"선생님, 혹시 아름이에 대해 뭔가 더 알게 되시면 저희에게도 알려주세요."

아이들이 나가고 김혜림은 생각했다.

'그래. 저 아이들도 아직 힘들 텐데 내가 너무했어. 쟤들도 아름이 생각에 괴로울 텐데….'

김혜림은 아이들을 더 힘들게 한 것 같아서 미안했다.

'타살이 아니라고 했으니 아름이에게 분명히 무슨 일이 있었을 거야. 아름이를 힘들게 하던 그런 것이. 그게 뭘까? 도대체 무엇이 우리 아름이를 죽음에까지 이르게 한 걸까?'

이리저리 열심히 알아보았지만 아무리 노력해도 아름이에 대한 조사에는 진척이 없었다. 그래도 반 아이들과 상담한 결과 몇 가지 알게 된 것이 있었다.

자신 외 다른 선생님들이 반 아이들 생각에도 이상할 정도로 아름이를 무시한 것, 아름이의 성적이 급격히 떨어진 것.

이 두 가지가 계속 김혜림의 마음에 걸렸다.

다른 선생님들에게 아름이에 관해 슬쩍 물어보기도 했다. 그런데 이상하게 다들 아름이의 이야기만 나오면 자리를 슬슬 피했다. 아름이의 죽음과 관련해 자신은 모르지만 다른 선생님들은 알고 있는 무언가가 더 있는 것이 확실했다.

분명히 아름이의 죽음에 학교나 다른 선생님들과 관련된 무언가 있었다.

김혜림은 창문 밖을 바라보았다.

아름이는 자살할 아이가 아니라고. 아름이의 죽음에 대해 끝까지 알아보겠다고 다짐했다.

김혜림은 아름이가 평소 꼭 가보라고 말했던 공원으로 향했다. 아까 아름이와 친했던 네 명과 이야기하면서 아름이가 이곳을 추천했던 것이 생각났기 때문이다.

김혜림은 공원 벤치에 앉아 아름이가 죽기 전과 죽은 후에 사람들의 행동을 떠올리며 비교해보았다. 그녀는 그곳에서 조사한 내용을 정리했다. 교감 선생님의 말씀과 다른 선생님들의 아름이 죽음에 대한 반응, 또 학생들의 반응과 민규, 현우, 봄이, 지연이의 말까지.

자료를 정리하고 있자니 그동안 이리저리 알아보고 다녔지만, 결국 제자리인 것 같았다. 아름이의 죽음과 관련해서 아무것도 알아내거나 밝힐 수 있는 게 없는 것 같았다.

아멜리아 마법학교

아멜리아 마법학교는 한국 유일의 마법 학교이며 오랜 역사를 자랑한다. 아멜리아가 언제, 어떻게 지어졌는지 아는 사람은 거의 없었다. 사람들의 기억에는 항상 아멜리아 마법학교가 있었다.

중세 시대 때 마법사들, 마녀들이 지었고 초대 교장이 그들의 우두머리라는 의견도 있고, 근세에 더 큰 힘을 얻고 싶어 하는 인간들이 지었다는 의견도 있었다. 또 최근에 지어졌으나 마법을 사용해 사람들의 기억을 조작했다는 주장도 있었다. 그 외에도 제1, 2차 세계대전 때 인재를 양성하기 위해 지어졌다거나 이 학교를 만든 건 인간이 아니라는 말도 있고, 지나가던 사람이 나뭇가지를 가지고 주문을 외웠는데 학교가 뚝딱 만들어졌다는 등 말도 안 되는 추측들이 남발했다. 놀라운 건 이 말도 안 되는 추측들이 진짜인 것처럼 사람들이 믿는다는 것이다.

교장은 학교의 역사에 대해 알고 있는 눈치였다. 하지만 교장이 제대로 이야기한 적은 없었다. 아멜리아 마법 학교에 대해 아이들이 아는 것은 말하는 동상이 떠드는 내용뿐이었다.

아멜리아 마법 학교가 아주 오래된 것은 확실했다.

얼마나 오래되었는지 아멜리아 교장실 앞의 복도를 보면 알 수 있었다. 복도에 전시된 교장의 동상은 아주 많았다. 어떤 아이들은 그 동상의 개수를 세보기도 했는데 100개까지 세다가 더는 세지 못했다는 아이도 있었고, 동상을 세다 보니 밤이 되어서 경비아저씨에게 쫓겨났다는 아이도 있었다. 동상이 몇 개인지 알 수는 없지만 확실한 건 엄청나게 많다는 것이다. 기다란 복도 양쪽이 가득할 만큼이니까.

말하는 동상도 항상 역대 교장의 동상에 관해 이야기하며 이런 말로 시작했다.

"우리 오랜 전통을 자랑하는 아멜리아 마법 학교는…"

그런데 교장의 동상에는 이상한 점이 있었다. 보통 교장의 동상 아래에 재직 기간이 기록되는데 아멜리아의 교장 동상에는 재직 기간이 없었다.

아멜리아는 학교의 모든 것이 다 기록된 편이다. 학교 건물마다 이 건물을 언제 만들었는지 어디를 보수했는지 모두 기록되어 있다. 그런데 막강한 힘을 가진 학교를 대표하는 교장의 동상에 재직 기간을 기록해 놓지 않았다는 것은 좀 이상했다.

동상을 자세히 관찰하면 신기한 것도 있다. 초대 교장과 지금 교장의 모습, 그리고 그 전 교장의 모습이 굉장히 닮았다. 닮은 동상의 모습을 보며 많은 학생이 아멜리아 마법 학교는 교장 가족이 오랫동안 교장으로 있는 학교라 추측했다. 교장이 가족에 관한 이야기를 하지 않아 진짜 조상님일지도 모르지만, 동상들의 생김새는 너무 닮아 있었다.

그런 이유로 몇몇 학생은 말도 안 되는 추측을 하기도 했다. 자세히 보면 모든 동상이 마치 꼭 한 사람을 보고 만든 것처럼 똑같이 생겼다는 것이다. 진짜 말도 안 되는 소리였다. 그 오랜 시간 동안 어느 사람이 살아있을까?

말도 안 되는 유언비어가 떠돌 때마다 학생들은 진실이 궁금해 교장에게 동상에 관한 소문이 진짜냐고 물어보았지만, 교장은 그때마다 대답 없이 빙그레 웃기만 할 뿐이었다.

또 학교 뒷산에는 산책로가 있었다. 교장은 그 산책로를 좋아하는지 그곳을 걷는 모습이 자주 보였다. 얼마나 자주 산책하는지 학생들 사이에서 교장이 분명히 학교 뒷산에 보물을 숨겨 놓았을 거라는 소문도 있었다.

소문은 의외로 굉장히 그럴듯했다.

실제로 교장은 하루에도 몇 번씩 산책로를 다녔고 학교 뒷산에 허름한 창고가 있었는데 교장이 그 창고 주변을 서성거리는 것을 목격한 학생도 있었다. 그 허름한 창고 문을 열고 들어가는 것을 본 학생도 있다고 했다. 분명히 교장이 산책로나 허름한 창고에 무언가 숨기는 것이 있을 것이라는 소문이 돌았다.

하지만 학교 뒷산은 너무 컸고, 교장뿐 아니라 다른 선생님들도 뒷산을 자주 올랐다. 학교 뒷산에는 선생님들이 마법 수업에 사용할만한 약초들이 많기 때문이다. 그리고 결정적으로 학생들이 교장을 뒷산에서 보았다고 한 시간에 교장은 학교에서 학생들의 마법 수업을 지켜보고 있었다. 그래서 그 소문들은 헛소문으로 여겨졌다.

보석을 발견한 지금 생각해 보면 그 소문들이 대부분 사실이었을 것 같았다.

여러 가지 의문점에도 불구하고 아멜리아 마법 학교는 입학시험을 따로 치러야 할 정도로 인기가 많은 편이다. 입학시험도 꽤 까다로워 아멜리아에 입학하는 것은 쉬운 일이 아니다. 그래서 아멜리아의 학생들과 선생님들은 자부심이 있었다.

아멜리아 마법 학교가 인기가 많은 이유는 크게 두 가지였다.

아멜리아가 한국 유일의 마법 학교라는 것, 아멜리아 마법 학교에 신성한 힘이 있어서 학생들의 마법 능력을 최대한으로 끌어내서 마법사로 만든다는 소문 이 두 가지였다.

학생들의 마법 능력을 최대한으로 끌어주는 그 '신성한 힘'이 무엇인지는 아무도 몰랐다. 학생들도 마법을 배울 때 '신성한 힘'이 느껴지긴 했으나 그 느낌을 정확하게 설명할 수 없었다. 확실한 건 그때마다 근처에 항상 교장이 있었다는 것이다.

그런 이유로 마법의 힘이 교장에게서 나온다는 진짜인지 가짜인지 알 수 없는 소문이 떠돌기도 했다. 어떤 사람들은 그 소문을 사실이라고 믿고 교장을 신처럼 존경하기도 했다. 그러나 교장은 그런 이야기를 들을 때마다 아무 말 없이 빙긋 웃기만 했다.

이런 소문들이 떠돌게 된 배경 중 하나는 교장의 마법 능력이 꽤 좋은 편이기 때문이다. 교장은 실제로 꽤 고급 능력이 필요한 마법을 능수능란하게 다루었다.

또 학교 주변에서 마법을 사용하지 않는다면 불가능한 이벤트가 가끔 있었다. 이를테면 한여름에 시원하고 달콤한 눈이 내리는 구름이 학생들의 머리 위에 하나씩 따라다니거나 하는 그런 여러 이벤트가 모두 교장이 마법을 사용한 것이라고 했다.

학교 도서관에도 전 세계에서 나온 마법과 관련된 책이 가득 꽂혀 있었다. 교장이 마법에 관심이 없었다면 구하기 힘든 책들이 대부분이었다.

교장은 대부분의 마법에 관심이 있었는데 특히 흑마법에 관심이 많았다. 왜 하필 흑마법이냐고 물어보면 교장은 늘 '우리는 어둠으로부터 우리를 보호하기 위해 어둠을 알아야 한다.'라고 말했다.

아멜리아 교장이 흑마법이라고?

학생들에게 흑마법의 나쁜 영향이 미칠까 두려워하는 사람도 있었지만, 교장은 전혀 개의치 않았다. 흑마법을 제대로 알아야 제대로 대처할 수 있다고 주장했다. 심지어 수업 시간에 약하기는 해도 직접 흑마법을 배우는 시간도 있었다.

아멜리아는 한국 유일의 마법 학교답게 마법 시험이 꽤 중요했다. 졸업에 마법 시험의 점수가 꽤 컸다. 그래서 학생들은 마법 과제를 열심히 하고 마법 시험도 열심히 쳤다. 마법 시험을 우수한 성적으로 통과하면 큰 가산점도 있었다.

그뿐 아니라 마법 성적을 잘 받은 학생들은 아멜리아 마법 학교를 졸업하고 사회를 이끄는 중요한 인물이 되었다.

이런 여러 가지 이유로 아멜리아는 학생들에게도, 선생님들에게도 자부심을 주는 학교였다.

교장

평소보다 밝고 상쾌한 날이었다. 새벽 동이 트는 시각 새들은 노래를 불렀고, 바람도 산뜻했다.

"음 산책하기 좋은 날씨군."

아멜리아 교장은 기분 좋게 걷고 있었다.

교장이 이렇게 기분이 좋은 이유는 날씨 때문만은 아니다. 상쾌하게 일어났고 아침밥이 자신의 취향에 맞았으며 양말도 뒤집어 신지 않았다. 모든 것이 만족스러웠다. 교장의 얼굴은 여느 날보다 생기가 넘쳤다.

사람들도 교장을 보고 한마디씩 건넸다.

"교장 선생님, 오늘 기분이 좋아 보이시네요?"

"교장 선생님, 오늘따라 젊어 보이세요!"

"교장 선생님, 무슨 좋은 일 있으세요?"

교장은 점점 더 기분이 좋아졌다.

교장은 가벼운 마음으로 학교 뒷산 산책로를 걷기 시작했다. 교장은 이 산책로를 따라 매일 걸었다. 하루 두세 번은 다니는 길이다.

기분 좋게 산책로를 걷던 교장은 학교 뒷산 산책로 입구에 들어서자 갑자기 표현하기 힘든 싸한 기분이 들었다. 방금까지 좋았던 기분을 덮어버릴 만큼 기분이 좋지 않아졌다.

이유는 알 수 없었다.

'뭐지?'

교장은 불안한 마음으로 서둘러 산책로를 걸었다. 뒷산에 있는 허름한 창고에 도착했다. 허름한 창고의 느낌이 평소와 달랐다. 이상했다.

사실 그 창고는 사람들의 눈에 띄지 않게 하려고 허름하게 위장해두었지만, 학교에서 대대로 내려오는 보석이 비밀스럽게 보관되어있는 곳이다.

교장은 다른 사람들에게 들키지 않으려고 보석 위에 벽을 만들었다. 그것도 불안해서 마법 버섯을 심고 그 위에 작고 소소한 마법으로 먼지를 뒤덮어 두었다. 강한 마법을 쓰면 누군가가 마법의 기운을 느끼게 될까 봐 작은 마법을 여러 겹 걸어 두었다. 여러 안전장치를 사용한 것이다. 마법 먼지와 마법 버섯은 이곳을 낡아 보이게 해서 이곳을 의심하거나 궁금증을 갖지 않게 하는 효과가 있었다. 그리고 강하지는 않지만, 보석이 가진 마법의 기운을 봉인하는 힘도 있었다.

그래서 얼핏 보면 오랫동안 누구도 사용하지 않은 허름하고 낡은 창고 같았다. 게다가 창고가 너무 허름해 들어가고 싶은 마음이 들지 않았다. 누구도 그런 곳에 학교의 보석이 있을 거라고는 상상도 못 할 것이다.

완벽한 위장이었다.

교장은 그 허름한 창고를 볼 때마다 보석을 완벽하게 숨겼다는 생각에 뿌듯했다. 그 뿌듯함을 느끼려고 일부러 허름한 창고 근처로 산책하곤 했다.

그런데 오늘은 뭔가 이상했다.

분명히 이 정도의 거리면 보석의 기운이 느껴져야 했다. 그런데 보석의 기운이 전혀 느껴지지 않는다. 불안한 마음을 다잡으며 보석이 있는 창고에 더 가까이 다가갔다.

창고 바로 앞까지 왔다. 그런데도 보석의 기운이 전혀 느껴지지 않았다. 아무리 자신의 감각이 무딘 편이라고 해도 분명히 보석의 기운을 느끼지 못할 정도는 아니었다. 교장은 애써 마음을 다잡으며 허름한 창고의 문을 벌컥 열었다.

교장은 눈 앞에 펼쳐진 광경을 보고 넋이 나갔다. 창고 안은 엉망진창이었다. 보석을 숨겨 놓았던 벽은 다 파헤쳐져 난장판이 되어 있었고 그 주변에는 나뭇가지와 돌멩이 여러 개가 나뒹굴고 있었다. 분명 미약한 힘이지만 마법 버섯으로 봉인까지 해뒀는데 어떻게 한 것인지 마법 버섯은 잿빛으로 변해 있었다. 마법 버섯이 그렇게 쉽게 색이 변할 리가 없는데. 게다가 마법을 걸어 두었던 작은 먼지들도 어디로 갔는지 모두 사라졌다. 자신이 만들어 놓은 작은 봉인들이 부서져 버린 걸 보자 사색이 되었다.

그렇다면 보석은?

교장은 정신을 잃은 사람처럼 맨손으로 보석이 있던 벽을 파헤쳤다.

이럴 수가.

보석이 하나도 없었다.

학교의 보석이, 아니 나의 보석이.

"없다…. 없어! 도대체 어디로 간 거야!!!"

교장은 소리를 질렀다.

행복했던 기분이 한순간에 깨져 버렸다. 생각하지도 못했던 일이다. 지금까지 이 자리에서 몇백 년, 어쩌면 몇천 년을 지키고 있었던 보석이었다.

보석을 도대체 누가 가져갔을까?

혼란스러웠다.

침착하게 생각해 보려 했지만, 도저히 침착해지지 않았다.

창고 안의 혼란스러운 모습은 교장의 마음을 더욱 혼란스럽게 했다. 창고 안에서는 도저히 생각할 수 없었다. 여기를 벗어나야 차분하게 생각할 수 있을 것 같았다.

창고에서 교장실까지 어떻게 내려왔는지 기억도 나지 않을 만큼 교장은 정신없이 내려왔다.

교장실 의자에 털썩 앉아 초조한 마음을 다독이려 손과 발을 까닥이며 생각하기 시작했다. 불안했을 때 나오는 교장의 습관이다.

'누구지…? 누굴까…? 언제, 왜?'

다시 생각하니 화가 났다.

들키지 않게 하려고 마법을 사용해 위장까지 해 놓았는데. 생각할수록 화가 솟구쳐 올랐다. 주먹을 꽉 쥐고 책상을 내리쳤다. 물론 그렇게 한다고 해서 잃어버린 보석을 다시 찾을 수는 없었다.

말하는 동상 때문인가?

말하는 동상도 보석의 진실에 관해 다 알지 못한다. 게다가 말하는 동상이 보석에 관해 말했을 리가 없다. 말하는 순간 자신이 어떻게 되는지 알 텐데 함부로 말하지 않았을 것이다. 말하는 동상 외에 학교의 보석에 관해 아는 자는 거의 없다. 학생들이 가끔 보석에 관해 묻기는 했지만, 자신도 대답한 적이 없다.

창고를 허름하게 보이게 만들어서 창고에 들어가고 싶지 않도록 마법도 걸어 놓았다. 그 마법을 깨고 그곳을 들어가려면 아주 강한 소망이 있어야 한다. 그 정도로 강한 소망이 있는 사람도 별로 없고 아주 강하게 소망이 있는 사람이었다 해도 굳이 창고까지 찾아갈 이유는 안 된다.

머리가 복잡했다.

지금까지 보석이 사라진 일은 없었다.

교장은 거의 매일 뒷산에 올라갔다. 최근 사흘간 학교의 일이 너무 바빠 그 창고에 가지 못했다. 그렇다면 그 사흘 사이에 누군가 다녀갔다는 뜻인데…. 그곳에 보석이 있다는 걸 알고 그것을 훔쳐 갈 사람이 도대체 누가 있을까?

도저히 갈피가 잡히지 않았다.

'선생님 중 한 명일까? 아니야. 요즘에 학교나 나에게 불만을 품거나 악의를 품고 있는 선생님은 없었어. 게다가 아멜리아는 외부인이 함부로 들어올 수 없으니 외부인은 절대 아니지. 그렇다면 학생이?'

학생이라면 가능성이 있었다.

뒷산은 본래 학생들을 위한 것이고 그들은 어딜 돌아다닐지 알 수 없는 존재들이니까.

그런데 왜? 학생이 가져갔다면 왜?

아무리 생각해도 갈피를 잡을 수 없었다. 혼자 해결할 수 없겠다는 생각에 교장은 점심시간에 모든 선생님을 모아 회의를 진행했다.

"모두의 소중한 점심시간을 빼앗아서 미안합니다. 하지만 중요한 사안입니다. 흠흠, 우리 학교의 보석을 다들 아시지요? 오늘 아침에! 그 보석들이 감쪽같이 사라졌습니다."

"...!!"

학교의 힘을 유지하는 보석이 학교에 존재한다.

그 보석 덕분에 아멜리아가 마법의 힘을 얻게 되었다. 하지만 그 보석은 학교 어딘가에 숨겨져 있고 그 장소를 아는 사람은 교장뿐이다. 선생님들이 아는 것은 거기까지였다.

그런데 그 보석을 도난당했다니. 갑작스러운 소식에 다들 당황했다. 당연히 잘 보관되어있을 거로 생각했던 보석이 사라졌다니.

보석의 존재를 몰랐던 선생님들도 무슨 보석이 있었어? 하며 혼란스러워했다.

"그래서 어쩌실 생각이십니까, 교장 선생님?"

"그걸 의논하려고 불렀습니다. 좋은 의견 있으면 말씀해 주시면 됩니다."

다들 웅성거릴 뿐 아무도 나서지 않았다. 교장이 한숨을 크게 쉬더니 길게 이야기했다.

교장의 말을 정리하면 이러했다.

'그 보석들은 학교의 힘을 유지하는 중요한 물건이니 반드시 찾아야 한다. 만일 보석을 찾는데 어떤 대가를 치러야 한다면 그렇게 한다. 모든 선생님이 한마음이 되어서 보석을 찾아야 한다. 만일 학생들의 도움이 필요하면 학생들의 도움을 받자. 외부인의 출입이 거의 불가능한 우리 학교에서 이런 일이 일어난 건 학생들의 짓일 가능성이 크다. 아마도 학생들은 그 보석들을 잘 알지 못할 것이니 학생들이 가져갔어도 사용하지는 못할 것이다. 학생들에게 혹할 만한 내용을 내걸자. 그러면 보석을 가지고 올 것이다.'

다음 날 아침, 학교 전체에 공고 하나가 붙었다.

공고
학교의 보석이 사라졌습니다.

보석을 발견한 학생이나
보석을 가지고 있는 것을 본 학생은
교무실로 와주기를 바랍니다.

에메랄드 : 싱그러운 초록빛을 띠고 있음
루비 : 붉고 은은한 장밋빛임
다이아몬드 : 물처럼 투명하고 빛에 반짝임
사파이어 : 깊은 바다가 떠오르는 아쿠아 블루 빛을 띰

보석 정보를 제공 한 학생 혜택
· 마법 승급 시험 우수한 성적으로 통과
· 그 외 모든 마법 시험에 가산점 추가

아멜리아 교장 엘리오트

4장

흑마법

배신

학교에 붙은 공고를 본 학생들은 난리가 났다.

보석을 찾으면 학교에서 마법 시험에서 우수한 성적과 가산점까지. 아마 아멜리아 마법 학교가 생긴 이래 처음 있는 일일 것이다.

학생들은 모이기만 하면 보석 이야기로 시끌시끌했다. 온종일 공고의 보석 이야기였다. 대부분의 반응은 학교에 그런 보석이 실제로 있겠냐는 것이었다.

그럴만했다.

보석의 존재에 대해서 몰랐던 선생님들도 있었으니까.

하지만 평소 교장 선생님의 능력을 생각했을 때 진짜 교장 선생님이 쓴 공고라면 확실히 보석이 있을 거로 생각하는 학생도 많았다.

학생들은 쉬는 시간마다 학교 여기저기를 들쑤시고 다녔다. 보석을 찾는다는 공고는 확실히 여러 사람의 관심을 불러일으켜 보석을 찾는 데 효과가 있었다.

민규, 현우, 봄이, 지연이는 이 공고를 보고 착잡했다.

'진짜 이 보석들이 학교의 보석이었구나.'

이 보석들이 학교와 관련이 있고 중요하다는 게 확실해졌다. 잘 모르긴 해도 학교와 관련된 굉장히 중요한 비밀이 숨겨져 있을 거다. 이 보석이 아름이의 죽음에 대해 밝힐 수 있지 않을까.

봄이가 조심스럽게 말했다.

"이거 어떻게 해…? 만약 우리가 훔친 게 들키면….'

"바보 같은 소리 하지 마!"

민규가 화를 내며 말했다.

"아니야, 한 번쯤은 진지하게 고민해봐야 할 것 같아."

"그럼, 이현우 네가 먼저 의견을 내봐! 말만 번드르르하게 하지 말고!"

"저…. 저기…. 내가 생각해둔 게, 있긴 한데….'

지연이가 조심스럽게 말했다. 하지만 지연이 목소리가 너무 작아서 다른 아이들은 지연이의 말을 듣지 못하고 투닥거렸다.

보석에 관해 이야기하는 동안, 민규는 머릿속이 복잡했다. 공고에 있는 제안은 민규에게 가장 솔깃한 것이었기 때문이다. 민규는 손톱을 물어뜯으며 고민했다.

'마법 시험에 합격하면 더는 부모님께 면박을 듣지 않겠지? 어쩌면 아버지께 칭찬받게 될지도 몰라. 생각만 해도…'

민규 부모님은 마법 능력이 뛰어났다. 그래서 민규가 아멜리아에 입학할 때 민규 부모님이나 주변 사람들의 기대는 엄청났다.

그런데 민규는 부모님의 마법 능력을 타고나지 못한 건지 마법 성적이 형편없었다. 답답해진 아버지는 마법의 기초부터 다시 가르쳤다. 그래도 민규의 성적은 전혀 오르지 않았다.

마법 성적이 나올 때마다 민규 부모님의 민규에 대한 실망은 커졌고, 민규는 부모님의 기대에 미치지 못하는 자신이 원망스러웠다.

보석을 가져가면 마법 시험을 우수한 성적으로 통과시켜준다니. 지금까지 한 번도 마법 시험에서 좋은 성적을 받지 못했는데.

이 보석만 가져간다면 아버지께 인정받을 수 있다. 민규는 친구들과의 우정보다 우수한 성적을 받고 싶은 마음이 더 컸다. 하지만 그 말은 곧 친구들을 배신한다는 뜻이다. 열망과 죄책감 사이에서 괴로웠다.

성적에 대한 열망이 커질수록 친구들에게 미안한 마음과

죄책감을 느꼈다. 밤마다 악몽까지 꾸었다. 악몽으로 잠을 설쳐 얼굴이 상해 가는 민규를 친구들이 걱정해주었다. 그럴수록 죄책감이 더 커졌다.

민규는 한참을 고민했다.

고민 끝에 드디어 결심했다.

명문이라는 아멜리아 마법 학교의 마법 시험에서 훌륭한 성적을 받아 무뚝뚝한 아버지의 칭찬을 받기로. 아버지에게 인정받는 생각을 하니 설레기까지 했다. 결심하고 나니 오히려 마음이 가벼워졌다. 악몽도 꾸지 않았다.

'보석을 하나만 가져가면 안 되겠지? 확실하게 인정받으려면 최소 두 개 이상은 가져가야 할 거야.'

민규는 다른 친구들의 보석을 언제 훔칠 수 있을까 기회만 엿보았다.

드디어 기회가 왔다. 친구들이 보석의 능력을 다시 알아보자며 보석을 가지고 모이기로 한 것이다.

민규는 어떤 때보다 일찍 도착했다. 아이들이 놀라며 평소 항상 늦던 네가 웬일이냐며 한마디씩 했다. 평소라면 반박하며 화를 냈을 민규였지만 오늘은 예외였다.

씩 웃으며 "이런 날도 있어야지."라고 능청스럽게 대답하며 친구들의 구박을 받아넘겼다. 아이들은 해가 서쪽에서 뜨겠다며 더 크게 놀렸다. 민규는 그래도 여유로운 표정을 지으며 웃었다.

평소와 다른 모습이었다.

물론 민규의 속마음은 그렇지 않았다. 눈앞에 있는 보석들을 보자 심장이 쿵쾅거리기 시작했다. 보석을 가져가기 위해 친구들에게 말을 어떻게 건넬지 고민했다. 친구들이 구박하자 이 장난스러운 분위기에서 어떻게 자연스럽게 말을 할지 고민했다.

민규는 떨리는 마음을 억누르며 말했다.

"이거 우리 부모님 보여드리는 건 어떨까? 우리 엄마 아빠 어떤 분들인지 알지? 그분들이 보시면 분명 뭔가 더 알 수 있을 거야."

친구들은 당황스럽다는 듯 민규를 쳐다보았다.

'어, 이게 아닌데. 뭐라고 해야 하지?'

"뭐야, 나 주기 싫은 거야? 나 못 믿어?"

봄이가 통명스럽게 대답했다.

"아니, 그렇잖아. 이제까지 아무 말도 없다가 갑자기 보석을 달라니. 부모님께 보여드린다고? 너희 부모님이 보시면 학교에 갖다 드리지 않겠어? 너 설마 말도 안 되는 공고를 믿어? 정신 차려. 이 멍청한 놈아."

'네가 뭘 안다고⋯. 내가 얼마나 힘든지 알아? 난 이것밖에

없단 말이야. 알지도 못하면서….'

짜증이 난 민규는 자신도 모르게 주먹을 꽉 쥐고 벌떡 일어나 봄이 앞에 섰다. 봄이는 민규가 갑자기 화난 표정으로 앞에 서자 자신도 모르게 움찔했다.

잠시 후 봄이가 화난 표정으로 말을 꺼내려고 하자, 이상한 분위기를 감지한 현우가 웃는 얼굴로 그사이에 끼어들었다.

"이제 그만하자, 응? 지금은 힘을 합쳐야 할 때잖아. 안 그래?"

봄이가 눈에 힘을 풀고 말했다.

"…이번만 봐주는 거야. 다음에는 어림없어. 알았어?"

투덜거리는 봄이를 노려보던 민규의 손에 무언가 묵직한 것이 쥐어졌다.

"…? 이건?"

어리둥절해하는 민규 옆에서 현우가 씩 웃으며 말했다.

"부모님께 보여드려서 보석에 대해 알아보려는 거지? 가져가. 나중에 꼭 돌려줘. 알았지?"

민규는 울컥했다. 그러나 꾹 참으며 말했다.

"알겠어. 뭐라도 알아 올게."

현우를 보고 다른 아이들도 갖고 있던 보석을 민규에게 주었다.

"그래, 친구를 믿어야지. 여기 있어."

민규는 보석을 주머니에 넣었다.

'현우야. 애들아. 미안…. 너무 미안해.'

결심

지연이는 처음부터 민규의 행동을 지켜보고 있었다.

항상 조용하고 소심한 지연이는 존재감 있는 아이가 아니었다. 그래서 본의 아니게 존재감을 드러내지 않고 주변을 관찰할 수 있었다. 기척을 숨기는 마법까지 배우자 지연이는 자신의 존재를 완전히 지워버릴 수도 있었다. 그 능력으로 주변의 다른 사람들에게 무슨 일이 있는지 조용히 살펴보기도 했다.

지연이는 모일 때마다 심드렁했던 민규가 적극적으로 참석했을 때부터 민규의 의도를 대충 짐작했다. 평소와 다른 민규의 모습도 의심하기 충분했다.

그래서 기척을 숨기는 마법을 사용해서 민규 곁에서 지켜보고 있었다.

역시.

지연이의 예상대로였다.

민규는 이미 보석을 훔쳐 가야겠다고 결심했는지 평소에 봤던 것과 다른 모습이었다. 결국 보석을 가지고 도망까지 가버렸다. 친구들에게 알릴 수도 있었지만, 지연이 성격상 친구들에게 나쁘게 말할 수 없었다.

지연이는 어렸을 때부터 친구들에게 많이 상처받았다. 아멜리아에 와서도 마찬가지였다. 그런 지연이에게 아름이가 먼저 다가왔다. 아름이 덕분에 봄이, 현우, 민규도 사귀게 되었다.

처음 생긴 친구들과 새로운 경험을 공유했다. 아름이를 통해 친구들을 사귀는 것이 즐겁고 행복하다는 것을 처음 알았다. 아름이 덕분에 맺은 친구들은 그 무엇보다 값진 존재였다. 이 아이들과 영원히 같이 친구로 지내고 싶었다.

그런데 그런 아름이가 죽었다.

지연이는 아름이의 죽음이 그 누구보다 속상했다. 아름이의 일을 제대로 알아보고 싶었다. 조금만 더 적극적으로 알아봤다면 지금보다 더 많이 알아낼 수 있었을 것이다.

실제로 지연이는 자기 능력을 모두 발휘해서 아름이의 일에 대해 알아보고 있었다.

그런데 아름이의 죽음에 대해 알아볼수록 자꾸 친구들과 자신도 아름이처럼 위험해질 것 같다는 느낌이 들었다. 친구들과 감당할 수 없는 거대한 무언가가 느껴졌다.

더 파고든다면 아름이뿐 아니라 다른 친구들도 잃을 수 있을 것 같았다. 그래서 지연이는 자기도 모르게 조금씩 아름이의 죽음을 알아보는 것을 미루고 있었다.

아름이를 잃은 것도 슬픈데 다른 친구들까지 잃을 수는 없었다. 그랬던 지연이가 민규를 보고 더는 조용히 있어서는 안 되겠다고 생각했다.

그 보석이 얼마나 중요하기에 사람들의 마음을 이용하는 건지. 아름이를 데려간 것도 모자라 남은 친구들까지 이렇게 갈라버리다니.

더 이상 참을 수 없었다.

아름이의 죽음과 학교의 비밀을 제대로 파헤치기로 결심했다.

다행히 다른 친구들은 민규가 배신하고 보석을 훔쳤다는 것을 아직 모르는 듯했다. 평소 지연이였다면 그냥 못 본 척 조용히 있었을 것이다.

하지만 오늘은 달랐다.

지연이는 민규의 행동에 관해 아이들에게 이야기할까 말까 한참 망설였다. 한참 고민하던 지연이는 현우에게 조심스럽게 말했다.

"현우야. 민규, 학교 쪽으로 가는 거 같던데 저대로 둬도 괜찮을까?"

"괜찮아. 민규는 돌아올 거야. 민규가 좀 퉁명스럽긴 해도 속은 따뜻한 아이야. 게다가 우리 중에서 제일 아름이와 친했던 아이잖아. 걱정하지 마."

현우도 사실 민규가 보석을 가지고 나서는 순간, 민규가 그 보석을 부모님께 가지고 가지 않을 거라는 걸 알았다.

하지만 현우는 민규의 진심을 믿었다.

지연이는 현우를 이해할 수 없었다. 민규는 보석을 가지고 갔고 그 보석을 학교에 낼 거다. 학교는 우리 편이 아니다. 선생님들은 이미 아름이의 일과 연관이 있다. 과연 우리를 도와줄까?

민규가 가져간 보석이 다시 돌아올 가능성은 없을 것 같았다. 민규를 믿는다고 하더라도 학교에 보석을 내고 나면 민규가 되찾아오기는 힘들 거다. 현우도 분명 그걸 알고 있을 텐데….

지연이는 현우에게 뭐라고 말을 꺼내려 하다가 그만두었다.

그 사이 봄이는 민규가 보석을 가지고 도망가 버린 것을 눈치채고 화를 냈다.

현우와 지연이가 어찌할 새도 없었다.

"아아악! 내가 이럴 줄 알았어! 야! 이현우! 그거 왜 줬어!

쟤가 다 일러바치면 어쩌려고! 짜증 나! 이럴 줄 알았으면 안 줬어! 모일 때마다 뒷짐을 지고 있더니, 이제 아예 보석까지 가져가 버렸잖아! 어쩔 거야!"

미친 듯이 화를 내는 봄이의 온몸에서 불꽃이 뿜어 나오는 것 같았다.

화를 내는 봄이를 보고 슬금슬금 뒤로 물러났다. 지금 봄이를 건드렸다가는 뼈도 못 추릴 것 같았다.

지연이와 현우는 서로 눈치를 보았다.

지연이가 현우에게 눈빛으로 애원했다.

'내가?'

'제발 부탁해. 나는 봄이가 화내면 너무 무서워….'

'그건 나도 마찬가지인데….'

'그래도 봄이가 네 말은 좀 듣는단 말이야. 제발 부탁해.'

'휴. 어쩔 수 없지…. 알았어.'

현우가 용기를 내서 봄이를 진정시켰다. 하지만 현우도 봄이를 달래는 건 절대 쉽지 않았다.

지연이는 그 모습을 지켜보며 생각에 잠겼다.

비밀

"아, 짜증 나. 으악! 진짜!! 우선 김민규부터 어떻게 해야
지! 우리끼리 이래봤자 쓸데없어! 에너지 낭비라고!"
현우 역시 민규의 행동이 불안했다.
그래도 민규를 믿고 싶었다.
현우가 봄이를 진정시키는 사이, 지연이는 자신이 알고 있
는 내용을 말할까 말까 한참 고민했다. 지연이네 부모님과
민규네 부모님은 지연이와 민규가 어렸을 때부터 서로 잘 아
는 사이였다. 그 때문에 지연이는 민규의 상황을 누구보다
잘 알고 있었다. 그동안 자신의 소심한 성격도 있지만, 민규
가 다른 사람이 자신의 상황을 아는 것을 싫어했기 때문에
지연이는 민규의 상황에 대해 입을 다물고 있었다.
하지만 이제 더는 안 될 것 같았다.
친구들의 오해가 쌓이는 건 싫었다.
몇 번을 망설이던 지연이가 조심스럽게 말했다.

"민규에게 미리 허락받진 않았지만 아무래도 너희들에게 이야기해야 할 것 같아. 이건 김민규의 사생활이거든."

"아까 하려던 이야기가 그거야?"

"응, 이야기할까 말까 고민했는데 봄이를 보니까 이야기하는 게 맞는 것 같아. 민규의 행동에 관해 설명하려면 알아야 하니까. 사실 민규네 집과 우리 집은 아는 사이야. 민규의 부모님 두 분 다 마법으로 엄청 유명한 건 알지? 두 분 다 아멜리아를 아주 우수한 성적으로 졸업하셨어. 민규를 입학시키면서 당연히 민규도 우수한 성적을 받을 거로 생각하셨대. 근데 민규의 성적은 알다시피…. 민규는 부모님께 인정받지 못하고 있어. 너희들이 상상하는 이상으로. 그래서…."

"잠깐, 그러니까 네 말을 정리하면 너는 김민규와 소꿉친구고, 김민규가 부모님의 인정을 받기 위해서 송아름의 죽음에 대해 중요한 힌트를 가지고 있는 보석을, 그깟 성적을 잘 받으려고 가져갔다는 거야? 장난해?"

지연이가 말을 채 다 하기도 전에 봄이가 다다다다 하며 마구 쏘아붙였다.

역시 봄이었다.

지연이가 말을 할 틈도 주지 않았다. 현우는 봄이 뒤에서 고개를 절레절레 저었다.

봄이를 누가 말릴 수 있을까?

봄이는 계속 화를 냈다.

말을 잘하지 못하는 지연이가 일방적으로 밀리는 싸움이었다. 나름 용기를 내서 말을 시작했는데 봄이가 무섭게 쏘아붙이자 지연이는 어버버하다가 울기 시작했다. 봄이는 지연이의 눈물을 보고 멈추기는커녕 더 화를 내면서 지연이를 쏘아붙였다.

현우는 이제 두 사람을 달래야 했다.

두 사람을 달래며 현우는 처음으로 민규에게 보석을 준 자기 행동을 후회했다. 민규에게 보석을 주지 않았으면 이런 상황을 만들지 않았을 텐데.

결국 현우는 30분이나 되는 시간을 지연이와 봄이를 진정시키는 데 썼다. 현우의 노력 덕분에 봄이도 진정되었다. 봄이가 진정되자 지연이의 울음도 잦아들었다.

어느 정도 진정된 봄이가 화를 참으면서 말했다.

"그래서 이제 어쩔 거야? 보석은 김민규가 다 가져갔는데⋯. 어쩔 건데?"

현우도 쉽사리 입을 열지 못했다. 지연이가 다시 울었다.

"봄아. 흑⋯ 나는⋯ 아름이가 너무 불쌍해⋯. 눈을 감지 못할 텐데."

몇 분쯤 지났을까, 민규는 이제 더 이상 그들의 머릿속에 없었다.

썸

토독.

갑자기 하늘에서 봄비가 한두 방울씩 떨어지기 시작했다.

"어? 봄비다."

봄이가 갑자기 일어서서 창문을 활짝 열었다.

현우와 지연이도 놀라서 벌떡 일어났다.

봄이는 창문에 서서 들이치는 비를 맞았다.

5분쯤 지났을까, 비를 맞고 홀딱 젖은 봄이가 해맑게 웃으며 말했다.

"다 젖었네. 그래도 마음 식히기엔 이만한 게 없지."

현우는 젖은 봄이를 보며 운동할 때 쓰던 수건을 가방에서 꺼냈다.

봄이에게 건네기 전 수건 냄새를 맡았다. 수건에서 냄새가 약간 나는 것 같긴 했지만 나름대로 괜찮았다.

조심스레 수건을 건넸다. 봄이가 약간 놀란 표정으로 수건을 받았다.

봄이는 수건으로 머리를 털었다.

머리가 거의 다 말랐을 때, 봄이는 침착한 표정으로 말했다.

"나는 부모님과 사이가 괜찮은 편이야. 그래서 그런지 민규를 이해하지 못하겠어. 그래도 우리끼리 고민하는 것보단 민규, 그 자식이랑 같이 헤쳐 나가는 게 더 좋을 것 같아. 그 자식 잡으러 가자."

봄이의 말을 듣고 지연이가 동의하듯 씩 웃었다.

두 사람의 모습을 보니 현우의 마음도 편해졌다. 현우는 민규를 믿고 있었지만, 민규가 걱정되는 건 어쩔 수 없었다.

봄이의 말을 듣자 안심되었다.

지연이가 봄이의 젖은 옷을 보고 물었다.

"그런데 너 갈아입을 옷은 있어?"

"아니? 없는데?"

"내 체육복 여벌 있는데 가져다줄까?"

"그럼 고맙지."

지연이는 체육복을 가지러 갔다.

봄이 머리는 말랐지만, 옷은 비에 젖은 그대로다. 봄과 여름 사이의 5월 밤. 아직 조금은 쌀쌀한 계절이다. 열린 창문으로 쌀쌀한 공기가 들어왔다.

공기가 닿자 봄이는 자기도 모르게 몸을 움츠렸다. 그 모습을 보고 현우는 말없이 자신이 입고 있던 외투를 벗어 봄이 어깨에 둘렀다.

"어?"

"추워 보여서. 이거 입고 있어."

"고마워…."

봄이는 현우가 둘러준 외투를 고쳐 입었다.

현우가 입고 있었던 외투라 그런지 현우의 따스한 체온이 고스란히 느껴졌다. 차가웠던 몸이 따뜻하게 녹았다.

현우의 배려가 고마웠다.

비가 그쳤다.

창문 밖에서 달콤한 꽃향기가 났다.

꽃향기 때문일까?

현우의 마음이 간질간질했다.

봄이도 마음 한구석이 간질거렸다.

지연이가 교실에 들어왔다.

"봄아, 체육복 가지고 왔어."

"어? 어! 어…. 지연아, 고마워."

봄이는 화장실로 가 지연이의 체육복으로 갈아입었다.

왠지 현우가 준 외투를 벗기 싫었다.

"아, 훨씬 따뜻하다. 지연아, 고마워. 그리고 여기….."

봄이는 부끄러운 듯 머뭇머뭇하며 현우에게 외투를 돌려주었다.

"어? 추우면 그냥 입고 있어도 되는데….."

현우는 봄이가 주는 외투를 받았다. 현우의 두 귀도 빨개졌다.

갈등

　친구들에게 거짓말까지 한 민규는 보석을 가지고 학교로
향하는 듯했다.
　하지만 바로 학교로 가져간 것은 아니었다. 교문 앞까지
왔을 때 아무래도 이건 아닌 것 같다는 생각이 들었다. 보석
을 어떻게 할지 좀 더 생각해봐야 할 것 같았다. 학교에 낸
다고 하더라도 보석만 가져가고 마법 시험을 통과시켜주지
않을 수도 있다.
　민규는 교문 앞에서 한참 고민하다 도로 보석을 가지고 돌
아왔다.
　다시 친구들이 있는 곳으로 돌아왔을 때, 봄이가 마구 화
를 내고 있었다. 자신이 보석을 훔치려 했다는 사실을 친구
들이 안 것 같았다. 아무렇지 않은 것처럼 친구들에게 돌아
갈 수 없었다.
　민규는 친구들의 모습을 보고 다시 발걸음을 돌렸다.

민규는 이 보석을 어쩔지 고민했다.

이왕 친구들에게서 보석을 가져온 것, 이제 어쩔 수 없다. 친구들에게 솔직하게 이야기해야겠다. 친구들도 자신이 보석을 가져갈 수밖에 없었던 사정을 알게 되면 자기를 이해해 줄 것이다.

우리가 그 정도 사이는 되지 않을까.

친구들에게 이해받고 마법 성적을 잘 받아 아버지에게 인정받은 뒤에 다시 보석을 되찾아올 방법에 대해 의논해보자.

스스로 변명했다.

하지만 어떻게 할지 아직 결정하지 못했다.

이 보석을 가지고 있다면 아름이의 죽음에 대해 알 수 있을지도 모른다. 그런데 자신이 그 보석을 훔치고 배신까지 했다.

아무리 생각해도 잘못한 게 너무 많다.

보석을 훔치기 전보다 마음이 더 힘들었다. 친구들에게 사과하고 사실대로 말해야 한다. 그런데 뭐라고 말해야 할지 몰라 친구들을 볼 때마다 피해 버렸다.

민규는 며칠 동안 갈팡질팡했다.

이까짓 거 학교에 내고 마법 성적을 잘 받아버릴까 했다가 또 이 보석들을 친구들에게 가져가서 용서를 빌까 했다가. 몇 번이나 갈등했지만, 결정하지 못했다.

누군가에게 고민을 털어놓고 답을 찾고 싶었다. 아무리 생각해도 고민을 털어놓을 곳이 없었다.

선생님들은 모두 학교 편인 것 같았다. 고민을 털어놓았다간 큰일이 날지도 모른다.

부모님도 마찬가지였다. 친구들에게 부모님께 보석에 대해 여쭤보겠다고 큰소리쳤지만, 부모님께도 털어놓을 수 없었다.

아무도 믿을 수 없다.

고민을 잘못 털어놓았다가는 보석은 보석대로 뺏기고 마법 성적도 잘 받을 수 없다.

어떻게 갖게 된 보석인데, 그럴 수는 없다. 민규는 고민을 털어놓을 만한 사람을 찾기 시작했다. 가능하면 든든하게 기댈 수 있는 어른이었으면 했다. 도움을 받을 수 있을 만한 어른을 찾기 시작했다.

마침내 한 사람을 찾아냈다.

바로 김혜림 선생님이었다. 김혜림 선생님은 학교 편이 아니라는 확신이 들었다. 게다가 김혜림 선생님은 아름이의 일로 괴로워하고 있는 것 같았다.

결정적으로 수학 선생님과 전혀 친하지 않아 보였다. 김혜림 선생님이라면 자신의 편이 되어줄 것 같았다.

민규는 교무실로 갔다. 교무실 문 앞에서 잠시 멈췄다.

마음이 복잡했다.

부모님의 인정과 친구들과의 우정. 무엇을 선택해야 할지 아직도 갈피가 잡히지 않았다.

잠깐 고민하던 민규는 마음을 정한 듯 굳은 표정으로 교무실 문을 두드렸다.

똑똑.

"선생님, 들어가도 될까요?"

"그래, 들어와. 민규구나. 무슨 일 있어?"

"선생님께 상담…하고 싶은 일이 있어서요."

민규는 교무실에 있는 다른 선생님들을 보고 한참 망설였다. 김혜림은 계속 두리번거리는 민규를 보고 이상한 생각이 들었다.

"민규야, 여기서 이야기하기 불편하니? 자리를 옮길까?"

"네. 좀 심각한 이야기라…."

김혜림은 조용한 곳을 찾아서 민규를 데려갔다.

그래도 민규는 경계를 풀지 않고 주위를 한참 살폈다. 주변에 아무도 없다는 것을 확인하고 조심스럽게 말했다.

"선생님 사실 그 보석 저희가 훔쳤거든요."

"보석…? 무슨 보석? 설마… 학교 보석?!?!"

김혜림은 놀라며 되물었다.

"정말 공고에 있는 그 보석을 네가 훔쳤다고? 어디서? 누구랑?"

김혜림의 쏟아지는 질문에 민규는 정신이 없었지만, 선생님에게 이야기하고 도움을 받기로 한 이상 솔직하게 털어놓고 싶었다. 혼자서 고민하는 것보다 그편이 훨씬 나을 것 같았다.

"네, 저랑 친구들이 그 보석이 있는 곳을 알아내서 훔쳤어요."

"그걸 왜 훔쳤어?"

"아름이…."

"뭐라고?"

"아름이가 죽은 이유를 알고 싶어서요. 저희가 아름이 일기장을 봤거든요. 아름이 일기장에 보석 이야기가 있었어요. 그 보석을 찾으면 아름이가 죽은 이유를 알 수 있을 거로 생각했어요."

"그래…. 선생님도 아름이의 죽음에 대해 궁금한 게 많아."

민규는 김혜림에게 보석을 찾게 된 과정, 보석의 능력, 그 보석을 통해 친구들과 아름이의 죽음에 대해 알아내기로 했던 것 등 지금까지 있었던 일을 빠짐없이 이야기했다. 공고를 보고 자신이 친구들을 배신한 일까지 모두. 그 보석들을 지금 자신이 갖고 있고 그 보석을 어떻게 해야 할지 며칠 동안 고민했다는 것까지도.

"선생님, 그래서 말인데요. 저 좀 도와주세요."

"좋아. 내가 뭘 어떻게 도와줘야 할지는 모르겠지만 필요한 게 있다면 도와줄게."

김혜림은 민규의 부탁을 흔쾌히 수락했다.

민규는 선생님이 도와준다고 하자 마음이 든든해졌다.

"근데 이 모든 것을 우리 둘이서 할 수 있을까?"

"아니요. 다른 친구들도 있어요. 이현우랑 서지연이랑 이봄도 도와줄 거예요. 하지만… 그 전에 보석을 멋대로 가져간 걸 사과부터 해야 해요."

"네가 진심으로 사과한다면 친구들도 네 마음을 받아줄 거야."

선생님에게 털어놓자 한결 마음이 가벼워졌다. 이 마음이라면 친구들에게 사실대로 말하고 사과할 수 있을 것 같았다.

보석을 가져가서 정말 미안하다고. 나의 욕심으로 너희들을 실망하게 했다고. 하지만 지금까지 보석들을 학교에 내지 않았다고. 그 덕분에 든든한 지원군을 한 명 더 얻었다고 말하고 싶었다. 그리고 꼭 친구들에게 진심을 담아 사과해야겠다고 생각했다.

사과

김혜림은 민규를 다른 친구들이 있는 곳으로 데리고 갔다.

친구들이 보이자 김혜림은 슬쩍 숨어서 민규의 등을 떠밀었다. 민규는 쭈뼛거리며 친구들에게 다가갔다.

심각한 표정으로 무언가 이야기를 나누고 있던 현우, 지연, 봄이는 자신들에게 다가오고 있는 민규를 보았다. 세 사람은 멈칫하며 갑자기 말을 멈추었다. 그리고 냉랭한 표정을 지었다.

모두 한마디도 하지 않았다.

민규는 친구들의 얼굴을 보니 다시 미안한 마음이 들었다.

친구들에게 사과하려고 했었는데 미안한 마음에 용기가 사라졌다. 하지만 언제까지 이렇게 지낼 수 없다. 자신이 잘못한 것이니 자신이 먼저 말하고 사과해야 한다. 결심하니 친구들에게 사과할 수 있을 것 같았다.

"얘들아, 미안해. 내 욕심에 눈이 멀어서…."

"…."

"애들아, 정말 미안해. 내가 잘못했어."

민규의 목소리가 떨렸다.

"민규야, 돌아와 줘서 고마워."

"지연이한테 네 사정을 들었어. 네가 그렇게 힘들 줄 몰랐다. 나도 너 힘든 거 몰라서 미안."

현우도 웃으면서 민규를 안아주었다.

"왜 왔냐? 그냥 가지. 그래, 보석 갖다주고 성적은 잘 받았냐? 우정과 성적 바꾸니 좋디?"

민규의 사정을 들었음에도 봄이는 여전히 삐죽거렸다. 사실 말은 그렇게 했지만 봄이도 민규가 돌아온 것이 내심 좋은 눈치였다.

"…나, 용서해주는 거야?"

민규는 친구들의 반응에 놀랐다.

"야, 친구 사이에 용서가 어디 있냐? 솔직히 네 행동이 이해는 안 돼. 그래도 우리 편이 한 명이라도 더 있어야 도움이 되지 않겠냐? 아름이도 우리 사이가 이렇게 갈라지는 걸 바라진 않을 것 같아. 아름이를 위해서 함께 하자."

봄이다웠다.

현우와 지연이도 활짝 웃으며 민규를 맞이했다.

역시 친구들을 배신해서는 안 됐다.

민규는 자꾸 눈물이 나왔다. 미안함의 눈물인지 고마움의 눈물인지 구분되지 않았다.

울던 민규가 생각난 듯 주머니에서 보석들을 꺼냈다.

"어? 보석 학교에 갖다준 거 아니었어?"

"아니야. 진짜 머리 터지게 생각했는데, 그건 진짜 아닌 것 같아서."

"역시, 민규 너를 믿었어."

현우는 얼굴 가득 웃으며 민규를 바라보았다.

"뭐, 그래도 생각보다 최악은 아니네."

봄이는 삐죽거리면서 민규가 꺼낸 보석들을 만져보았다.

"아, 그리고 이거."

민규가 주머니에서 무언가를 주섬주섬 꺼냈다.

"그게 뭔데?"

"그…이거 사과하려고 사과를 가져왔는데…."

"푸핫!!"

모두 웃음을 터뜨렸고, 민규는 사과보다 더 빨개졌다.

민규는 친구들에게 그동안 있었던 일을 이야기했다.

민규는 어른의 도움이 필요하다는 생각이 들어 선생님들을 관찰했다고 한다. 그 결과 김혜림 선생님은 확실히 우리 편인 것 같다고 판단했다. 그래서 고민 끝에 김혜림 선생님에게 사실대로 이야기했고, 김혜림 선생님도 아름이의 죽음에 대해 함께 알아보기로 했다고 했다.

"정말?"

지연이가 놀라자 김혜림이 불쑥 나타나 큰 소리로 대답했다.

"정말이지!!!"

"아, 깜짝이야! 언제부터 계셨어요?"

"처음부터 계속 지켜보고 있었지~."

"야, 김민규, 진작 이야기하지. 그럼 더 빨리 용서받았을 텐데."

"그러게, 아~ 진짜 미안하다."

"나 너희들에게 든든한 지원자 맞지?"

"그럼요, 선생님이 우리 편이라고 생각하니 마음이 든든해요."

언제 삐졌냐는 듯이 봄이가 밝고 크게 말했다.

"민규가 부탁해줘서 이렇게 됐으니 민규 용서해주라. 그런데 내가 너희에게 큰 도움이 될지는 모르겠다."

"저희와 함께해주시는 것만으로도 이미 큰 도움을 받은 기분인데요."

봄이가 선생님의 팔짱을 끼며 말했다.

"고맙다. 민규."

"고마워. 민규야."

"뭐, 고맙다."

"얘들아, 사실 아름이가 죽고 나서 힘들었단다. 나도 아름이 일에 대해 알고 싶은 게 많았거든. 나에게 같이 알아보자고 해 줘서 고마워."

민규가 배신한 덕에 김혜림과 아이들은 서로 든든한 지원군을 얻었다.

합류

"선생님, 그런데 혹시 아름이의 죽음에 관해 뭔가 알고 있는 게 있으세요?"

아이들이 김혜림을 바라보았다.

"아니, 아직 많지 않아. 그것들이 도움이 될지는 모르겠지만, 너희들이 있어 선생님 마음이 든든해."

"저희도 든든해요. 저희와 함께 해주셔서 감사해요."

김혜림과 아이들은 서로 알아낸 것에 대해 이야기를 나누었다.

지연이가 기억하는 잎을 꺼냈다.

"어? 이 기억하는 잎은?"

"혹시 이 기억하는 잎을 아세요? 저희가 잎의 기억을 떠올리게 했지만 기억하는 잎은 아무것도 기억하지 못했어요."

"내가 잠깐 봐도 될까? 이 기억하는 잎을 본 적 있어. 이 안에 어떤 기억이 있었는지도 알 것 같아."

김혜림은 마법의 잎을 자신의 마법 지팡이에 댔다.

지금까지 반응이 없었던 기억하는 잎이 갑자기 단풍이 든 것처럼 빨갛게 변했다. 김혜림은 자신의 마법 지팡이를 벽에 비췄다. 마법 지팡이에서 기억하는 잎이 담고 있던 기억이 쏟아져 나왔다.

기억하는 잎은 기억이 없는 게 아니었다.

봉인 때문에 기억을 풀어 놓을 수 없었던 것이었다. 특히 '교장 선생님 결재'라는 기억은 교장이 수학 선생님에게 시킨 많은 기억을 담고 있었다.

수학 선생님은 마음이 약한 사람이라 자신이 하는 일에 죄책감을 느꼈지만, 교장이 시키는 것을 대부분 수행했다. 기억하는 잎은 그 모든 일을 기억하고 있었다.

기억하는 잎이 갖고 있던 기억을 보던 아이들은 눈물이 흘렀다.

"아…. 우리 학교에서 이런 일이 일어나고 있었을 거라고 생각도 못 했어요."

기억하는 잎이 갖고 있던 기억을 다 본 아이들은 결심했다.

교장 선생님을 절대 용서하지 않겠다고.

아름이뿐 아니라 다른 아이 몫의 복수까지 하겠다고.

"좀 더 자세히 알고 싶은데 교장 선생님에 대해 잘 알고 있는 사람이 없을까?"

"말하는 동상은 어때? 말하는 동상은 학교에 대해 많이 알고 있잖아."

"그런데 말하는 동상이 우리에게 교장 선생님에 대해 이야기해줄까? 이미 우리가 여러 번 물어봤지만 말하는 동상은 이야기해주지 않았잖아."

"대화 중 끼어들어 미안한데, 내가 말하는 동상에 마법을 사용해볼게."

"아. 역시 선생님이 계시니까 든든하네요."

김혜림과 아이들은 말하는 동상에 갔다.

말하는 동상은 혼자서 노래를 부르고 있었다. 말하는 동상은 자신에게 다가오는 김혜림과 아이들을 보자 불안한 듯 눈빛이 흔들렸다. 노래도 멈추었다.

"당신이 보석에 대해서 알고 있다던데. 보석과 교장 선생님에 대해 이야기해줄래요?"

말하는 동상은 한숨을 쉬며 고개를 절레절레 저었다. 동상의 표정은 불쌍해 보일 지경이었다.

"말해주지 않겠다면 어쩔 수 없죠. 보석에 대해 말하지 않는다면 당신에게 제 마법을 사용할 수밖에 없겠네요."

김혜림은 마법을 중얼거리기 시작했다.

아이들보다 훨씬 강한 마법의 힘이었다. 역시 선생님의 힘은 훨씬 강했다.

김혜림은 거기서 멈추지 않았다.

강화 마법까지 사용했다. 말하는 동상도 방어마법을 사용해 버티려 했지만, 김혜림이 더 강했다.

결국 말하는 동상은 견디지 못했다.

말하는 동상이 교장에 대해 말하려 하자 갑자기 복도에 가득한 교장 선생님의 동상들이 소리를 질렀다. 처음 보는 광경이었다.

지금껏 교장 선생님의 동상은 그저 딱딱한, 평범한 일반 동상이었다. 그런데 마치 말하는 동상이 진실을 말하는 것을 막기라도 하듯 교장 선생님의 동상들은 크고 무서운 소리를 냈다. 교장실 앞 어두운 복도를 가득 채운 동상들이 무서운 표정을 지으며 일제히 소리를 지르는 모습은 두려움을 넘어 공포스러울 정도였다.

말하는 동상은 그 소리를 듣자 말을 멈추고 덜덜 떨었다. 하지만 교장 선생님의 동상들은 소리를 멈추지 않았다. 소리는 점점 커졌다.

김혜림은 마법 지팡이를 교장 선생님의 동상들을 향해 겨눴다. 그러나 소리를 멈추기에는 역부족이었다.

교장 선생님의 동상들은 교장과 비슷한 힘을 갖고 있었다.

"교장 선생님의 동상들이 가진 힘 때문에 말하는 동상의 이야기를 듣기는 쉽지 않겠어. 나도 교장 선생님의 마법을 이길 수는 없어."

지연이는 선생님에게 힘을 보태고 싶었지만, 자신의 힘을 보태더라도 교장의 동상들을 이기기는 힘들었다.

그래도 어떻게든 돕고 싶은 마음에 지팡이를 꺼냈다.

"선생님, 저도 힘을 더할게요."

지연이의 힘을 더해도 교장 선생님의 동상들을 이기기 힘들었다.

그때였다.

지연이의 간절한 마음이 보석에게 전해졌을까?

지금까지 어떤 반응도 하지 않던 지연이의 다이아몬드가 빛나기 시작했다.

"어? 지연아. 네 다이아몬드에서 빛이 나."

다이아몬드의 빛이 지연이가 들고 있던 마법 지팡이로 번져나갔다. 지연이는 마법 지팡이를 쥐고 있던 손에 더욱 힘을 주었다.

두 사람의 마법 지팡이에서 나오는 빛의 밝기와 크기가 훨씬 강해졌다.

엄청난 힘이었다.

그 빛은 교장 선생님의 동상들 하나하나를 공격했다. 교장 선생님의 동상들은 더욱 크게 소리를 질렀다.

"선생님! 지연아! 힘내!"

다른 아이들도 두 사람을 응원했다.

교장 선생님의 동상들과 김혜림과 아이들의 싸움은 누가 이길지 모를 정도로 팽팽했다. 동상들이 지르는 소리가 더욱 커졌다.

이번에는 아까와 느낌이 달랐다.

아까는 호통치는 듯한 소리였다면 이제는 비명 같았다. 소리가 점점 커졌다. 교장실 앞의 유리창이 모두 깨지고, 학교가 흔들렸다.

시간이 얼마나 지났을까?

더 이상 교장 선생님의 동상들이 소리를 내지 않았다. 동상들이 녹더니 곧 흔적도 없이 사라졌다. 김혜림과 아이들이 이긴 것이다.

말하는 동상은 사색이 되어서 이 광경을 보고 있었다.

교장 선생님의 동상이 녹는 것을 보고 말하는 동상은 더 이상 학교의 비밀을 지킬 수 없다고 생각했다. 모든 것을 포기한 말하는 동상은 김혜림과 아이들에게 학교와 교장에 대해 모두 이야기했다.

교장은 흑마법을 사용하는 마법사이며 사실 아멜리아를 흑마법으로 감싸고 있다고 했다. 자신도 흑마법의 실수로 인해 말할 수 있게 된 것이라 했다. 보석의 영향으로 아무도 흑마법의 기운은 느낄 수는 없다고 한다. 학교 전체가 흑마법의 영향을 받고 있어서 교장은 학교 내에서 일어난 일들을 거의 다 느끼고 있다.

다행히 교장이 둔한 편이라 학교 내에서 일어나는 모든 소소한 일들을 다 느끼지 못하는 편이라고 한다. 그래서 학교 안에 자신의 심복을 두어 아이들과 선생님들을 감시한다고.

말하는 동상은 자신이 알고 있는 내용을 모두 이야기했다.

이제 더 이상 숨길 것도 없었다.

'아멜리아'라는 책이 있는데 그 책 속에는 아멜리아 마법 학교와 교장에 관한 이야기가 모두 담겨 있다고 말했다. 그 책을 제대로 읽기 위해 마법의 보석이 모두 필요하다고 했다.

말하는 동상에 들은 이야기는 이 정도였다.

"나 그 책 어디 있는지 알아!"

지연이가 외쳤다.

지난번에 학교 도서관에서 찾았던 그 책이었다. 그 책 덕분에 보석에 대해 알 수 있었다. 그때는 페이지가 찢겨 있어서 제대로 읽을 수 없었지만, 오늘은 왠지 온전히 읽을 수 있을 것 같았다.

김혜림과 아이들은 급하게 학교 도서관으로 갔다.

지연이는 학교 도서관 제일 꼭대기 층에 있는 책장의 제일 위쪽 구석에 있던 '아멜리아' 책을 꺼냈다. 책은 여전히 먼지가 뿌옇게 앉아 있었고 거미줄도 쳐져 있었다.

지연이는 먼지를 불었다.

아이들은 한 손에는 보석을, 다른 한 손에는 마법 지팡이를 들었다.

어떻게 해야 이 책의 내용을 볼 수 있을지 고민하고 있는데 갑자기 네 개의 보석에서 빛이 나더니 마법 지팡이로 빛이 옮겨갔다. 네 개의 마법 지팡이에서 흘러나온 빛은 책으로 향했다.

책은 오랜 잠에서 깬 듯 갑자기 번쩍하고 빛났다.

'아멜리아' 책의 페이지가 저절로 넘어갔다.

좌르륵 넘어가다가 찢어지고 없어진 페이지에 이르자 없어지거나 찢어진 부분과 글자가 거의 보이지 않던 모든 부분이 다시 만들어졌다. 마치 새 책이 된 것 같았다.

책이 깨끗해지자 보석과 마법 지팡이를 들고 있는 아이들의 머릿속에 아멜리아 마법 학교와 보석, 교장과 관련된 일들이 떠올랐다.

책 아멜리아

얼마나 오래전일까?

사람들의 옷차림이 요즘과는 매우 달랐다. '여기가 어디지?'

아이들은 주위를 두리번거렸다.

검은 망토를 두르고 있는 젊은 남자가 보였다. 그 남자는 엘리오트, 아멜리아 교장이었다. 젊긴 했지만 지금 교장과 크게 다르지 않았다. 교장은 원래 흑마법을 쓰는 마법사였다. 그의 마법 능력은 그리 강하지 않았다. 행색이 초라하고 여기저기 소소한 물건을 훔치는 떠돌이 마법사처럼 보였다.

그는 우연히 마법사들에게 쫓기고 있는 한 남자를 보았다. 그 남자는 저주에 걸려 죽어가고 있었다. 그 남자가 불쌍해 보였는지 그는 흑마법을 사용해 마법사들을 따돌렸다.

조금만 더 빨랐으면 살릴 수도 있었을 텐데 이미 저주의 마법이 온몸에 퍼져 그 남자는 살 수 없을 것 같았다.

그 남자는 죽기 전 품속에 소중히 간직하고 있던 보석 네 개와 '아멜리아'라는 책을 건넸다.

"나를 도와준 자네에게 이것들을 주겠네. 이것들이 자네에게 도움을 줄 걸세. 하지만 명심할 것은 절대 욕심을 내서는 안 되네. 그리고 욕심이 많은 자에게 넘어가서도 안 된다네. 이것들은…."

저주가 그의 목숨을 앗아갔다.

그 남자는 먼지처럼 사라졌다.

엘리오트는 그 남자가 남긴 책을 읽었다. 책에 보석의 힘이 설명되어 있었다.

보석의 힘은 엄청났다. 이 보석만 있다면 지금처럼 구질구질하게 살 필요가 없었다. 엘리오트는 떨리는 마음으로 책을 끝까지 읽었다. 책을 다 읽은 후 보석의 능력을 누구에게도 들키고 싶지 않아 보석과 관련된 페이지를 찢어 불태웠다.

지금까지 별 볼 일 없는 흑마법사였던 엘리오트는 보석의 힘으로 강한 마법의 힘을 가졌다. 그 마법의 힘은 엘리오트에게 부와 권력을 모두 누리도록 해주었다.

엘리오트는 누구나 바랄만한 삶을 살았다.

처음 보석을 다룰 때는 조심스러웠다. 보석을 남긴 남자가 했던 말을 떠올리며 지금까지 사용하던 흑마법을 사용하지 않고 바르게 살아야겠다고 결심했다. 하지만 그는 그리 착한 사람이 아니었다. 그 결심은 그리 오래가지 않았다. 게다가 마법 덕에 누리게 된 부와 권력은 그의 눈을 멀게 했다.

'어차피 그 남자는 죽었어. 이런 엄청난 힘을 가진 보석이 내 것이라니. 이것을 제대로 이용하지 못한다면 그것이야말로 바보가 아닌가?'

그는 보석을 이용해서 자신이 하고 싶었던 것들을 이루었다. 불가능은 없었다. 무얼 하든 보석이 도왔다.

보석으로 엄청난 부를 쌓자 권력은 저절로 따라왔다.

모든 이가 그에게 굽신거렸고 자신이 원하는 것은 모두 할 수 있었다. 돈으로 해결할 수 없는 것은 보석의 힘을 이용하기도 했다. 부와 권력이 바탕이 된 그에게 누구도 복종하지 않을 수 없었다.

지금의 삶이 너무나 만족스러웠다.

그 힘을 영원히 유지하고 싶었다. 그러기 위해서는 지금의 젊음을 유지해야 한다.

그는 흑마법을 사용했다. 젊은 사람들을 납치해 그들의 영혼으로 자신의 젊음을 유지했다. 하지만 끊임없이 젊음의 영혼을 거두기는 쉽지 않았다. 보석의 힘을 이용해보았지만, 그것도 역시 한계가 있었다.

'어떻게 하면 젊음의 에너지를 더 많이 모을 수 있을까?'

좋은 생각이 났다.

'왜 진작 생각하지 못했을까?'

어릴수록 젊음의 에너지가 강하다. 그 에너지를 자신의 것으로 만들면 되는 것이다.

그는 젊음의 에너지를 가진 아이들을 모으기 위해 학교를 세웠다. 그 학교의 이름을 책의 이름을 따서 '아멜리아'라고 지었다.

아이들이 가진 젊음의 에너지는 엄청났다. 학교에는 늘 젊음의 에너지가 가득했다. 엘리오트는 학교 주변을 산책하는 것만으로도 아이들의 넘치는 젊음의 에너지를 마음껏 흡수할 수 있었다.

이제 더 이상 영혼을 찾으러 돌아다닐 필요가 없었다. 훨씬 편안하게 젊음의 에너지를 얻을 수 있었다. 게다가 어린 아이들이라 그런지 젊음이 더 오랫동안 유지되었다. 아니, 오히려 더 젊어지는 것 같이 느껴지기도 했다.

하지만 엘리오트는 이 정도로 만족할 수 없었다.

언제까지 이렇게 젊음의 에너지를 흡수할 것이 아니라 아예 영원히 젊게 살고 싶었다.

그는 아멜리아 책을 찾았다. 아멜리아 책은 분명 해답을 줄 것이다.

이번에도 역시 아멜리아 책은 조심스럽지만, 방법이 있다고 했다. 게다가 이 방법은 젊을 뿐 아니라 마법의 힘까지 흡수해서 상상할 수 없을 정도로 큰 마법의 힘을 가질 수 있다고 했다. 대신 아주 큰 희생이 필요하고 절대 쉽지 않다고 했다.

고민할 필요 없다.

학교에 학생들이 얼마든지 있으니 상관없다.

엘리오트는 아멜리아 책에 당장 방법을 알려달라고 했다.

그의 앞에 투명한 유리병이 나타났다. 얼핏 보기에 일반 유리병처럼 보였다. 하지만 사실 그 유리병은 영혼들을 정화해서 그의 영생을 위한 순수한 상태로 만들어 주는 마법 유리병이었다.

그는 아이들의 영혼을 모으기 시작했다.

자신이 거둔 영혼에 흑마법을 사용해 기억을 지우고 투명한 유리병에 넣어 순수한 영혼으로 만들었다. 혼자서 이 일을 하기는 쉽지 않았다. 그래서 엘리오트는 선생님들을 이용했다.

선생님들에게 마법의 보석에 관해 이야기했다.

물론 약간의 거짓과 과장을 추가했다.

그 보석들은 아멜리아 마법의 힘을 향상해주는 원천이다. 안타깝게도 보석이 가진 마법의 힘을 유지하기 위해 순수한 아이들의 영혼이 필요하다.

마법의 힘이 유지되어야 더 많은 아이가 학교에서 제대로 마법을 배울 수 있으며 몇 명의 희생으로 더 많은 아이가 강한 마법의 힘으로 이 세상을 구할 수 있다면 그것이 바로 정의가 아니겠느냐.

마법의 힘을 극대화하기 위해서 999명의 순수한 영혼이 필요하다. 영혼은 커다랗고 푸른 보름달이 뜬 날에만 거둘 수 있으며 영혼을 모으는 것도 학교의 보석이 선택한, 순수한 사람만 가능하다.

그는 그 이야기를 하며 선생님들에게 흑마법을 걸었다. 보석의 힘을 이용한 흑마법이라 선생님들은 자신이 흑마법에 걸렸다는 것도 몰랐다.

선생님들은 더 많은 아이가 마법 능력을 갖추게 하려고 눈물을 머금고 영혼을 모으기 시작했다. 물론 엘리오트의 흑마법 때문에 거부하지도 못했다.

특히, 강한 마법 주문에 걸린 수학 선생님은 그의 완벽한 꼭두각시가 되었다. 그믐달이 뜨는 밤에는 흑마법의 힘이 약해지는데, 그날 밤. 수학 선생님은 원래의 마음을 찾았다. 그때는 아이들의 영혼을 모으는 것을 괴로워하며 힘들어했지만, 다음날이 되면 언제 그랬냐는 듯이 꼭두각시가 되어 영혼을 모으기 위해 아이들을 찾아다녔다.

수학 선생님의 마음속에 남아 있는 마지막 착한 마음은 엘리오트가 시킨 일을 완벽하게 수행하지 못하게 방해했다.

덕분에 수학 선생님이 하는 일에는 항상 구멍이 있었다.

오랜 시간이 걸려 투명한 유리병에 영혼을 거의 다 모았다. 이제 한 명만 더 모으면 다 채워질 예정이었다. 선생님들은 이제 더 이상 영혼을 모으지 않아도 된다고 기뻐하며 마지막 영혼을 찾고 있었다.

하필 그때 아름이가 이 모든 사실을 알게 되었다.

아름이는 수학 선생님에게서 투명한 유리병을 훔쳐서 그 속의 영혼들을 풀어줄 수 있는 방법을 찾기 시작했다.

영혼들을 풀어주기 위해서는 아멜리아 책과 보석들이 필요했다. 그러나 아름이는 책과 보석의 존재를 몰랐다. 아름이는 고군분투하며 투명한 유리병 속의 영혼들을 구해줄 방법을 찾았다.

선생님들은 아름이를 협박하고 괴롭혔다.

아름이는 그래도 물러서지 않았다.

결국 아름이는 모든 사실을 알게 된 교장의 흑마법에 목숨을 잃었다.

아름이가 죽고 교장과 수학 선생님은 아름이가 가져간 투명한 유리병을 찾으려고 노력했으나 그 유리병을 찾지 못했다. 유리병을 찾지 못하면 교장의 영생은 영영 이뤄질 수 없을 것이다.

교장은 불같이 화를 냈다.

수학 선생님은 자신의 정체가 드러날 위험을 무릅쓰고 아름이 집에 가서 투명한 유리병을 찾으려고 했다. 그러나 아름이 집에도 투명한 유리병은 없었다. 수학 선생님은 아름이의 애정이 가장 많이 묻어 있는 곰 인형을 가지고 와서 아름이의 기억을 찾으려고 했지만 찾지 못했다.

아멜리아 책이 덮였다.

아이들은 아멜리아가 보여준 내용을 김혜림에게 들려주었다. 김혜림은 보석이 없어서 '아멜리아'의 이야기를 듣지 못했다.

"곰 인형에게 마법을 사용했던 그 흔적이 투명한 유리병을 찾기 위한 거였어."

투명한 유리병은 어디로 사라졌을까?

김혜림과 아이들은 아름이의 일기장을 다시 읽어보았지만, 일기장에 투명한 유리병에 관한 이야기는 전혀 없었다.

"이 내용들을 다른 사람들에게도 보내자."

김혜림과 아이들은 아멜리아가 들려준 이야기를 모든 사람의 마법 지팡이에 보냈다. 선생님들은 김혜림과 아이들이 보낸 내용을 보고 지금까지 자신들이 한 짓을 깨달았다. 선생님들이 그동안의 잘못된 행동을 스스로 깨닫자 흑마법이 풀렸다.

선생님들은 충격에 빠졌다.

수학 선생님의 충격이 제일 컸다. 흑마법에 걸리긴 했지만 약간의 자아는 남아 있었다. 그래서 자신이 하는 일이 나쁜 짓이라는 생각이 들 때마다 학교와 아이들을 위해서 어쩔 수 없다고 스스로 위안해왔다. 그런데 모든 것이 교장 개인을 위한 것이었다니.

교장도 그 내용을 보았다. 교장은 머리끝까지 화가 났다.

"이 녀석들을 가만히 두지 않겠어! 특히 김혜림! 당신은 교사이면서 나를 위하지 않고 아이들의 편에서 이런 쓸데없는 것들을 밝히다니! 가만히 두지 않겠어."

교장은 가장 오래된 심복을 불렀다.

그는 지금까지 학교 앞에서 슈퍼마켓 아저씨인 척 학교를 지키고 있었다. 그는 교장의 명령을 받고 학교 도서관으로 김혜림과 아이들을 찾으러 갔다.

싸움

"어? 슈퍼마켓 아저씨가 오고 있어요."

"저 아저씨가 웬일이지?"

"슈퍼마켓 아저씨도 마법을 쓸 수 있나?"

"무슨 소리야? 슈퍼마켓 아저씨는 마법 수업을 들은 적이 없을 텐데?"

"마법 지팡이를 들고 있는데?"

일제히 슈퍼마켓 아저씨의 손을 바라보았다. 정말 마법 지팡이가 있었다. 김혜림이 외쳤다.

"얘들아, 저 사람은 흑마법을 사용하는 마법사 같아. 흑마법의 기운이 너무 강해. 도망쳐."

하지만 슈퍼마켓 아저씨는 너무 빨랐다.

다들 망설였다. 도망가더라도 금세 잡힐 것 같았다. 게다가 마법의 힘이 강해 이길 수도 없을 것 같았다. 어디로 도망가야 할지 알 수 없었다.

현우의 머리에 한 생각이 스쳤다. 현우가 소리쳤다.

"애들아, 내 손을 잡아!"

현우는 친구들의 손을 잡은 채, 사파이어를 쥐고 간절한 마음으로 보석을 사용했다. 사파이어가 번쩍하며 빛을 냈다.

그 순간 현우와 김혜림, 손을 잡고 있던 아이들을 제외하고 모든 것이 멈췄다.

"어? 아저씨가 갑자기 멈췄어."

"아저씨만 멈춘 게 아닌 것 같아. 모든 게 다 멈춘 것 같아."

"다행이야. 너희까지 멈출까 봐 걱정했어."

"현우야, 고마워."

"애들아, 빨리 도망가자!"

그냥 도망갔다간 금세 쫓아올 것 같았다. 아저씨를 물리쳐야 했다. 멈춰 있는 지금이 기회이다. 하지만 어느 정도인지 알 수 없어서 어떻게 해야 할지 고민했다.

김혜림이 결심한 듯 말했다.

"선생님도 흑마법이나 저주를 제대로 사용해본 적은 없어. 하지만 사용할 줄은 알아. 이대로 도망가더라도 저 사람이 분명 우리를 계속 쫓아올 거야."

김혜림은 마법 주문을 외우기 시작했다.

지금까지 김혜림에게 이런 기운이 느껴진 적이 없었다. 김혜림의 마법 지팡이에서 거대한 검은 기운이 번지기 시작했다.

처음으로 흑마법을 사용하는 것이다.

자신도 사용해본 적 없는 마법이었기에 솔직히 성공할 거라는 확신은 없었다. 그러나 아이들을 지키기 위해 어쩔 수 없었다.

김혜림은 자신이 알고 있는 것 중 가장 강력한 흑마법을 사용했다. 김혜림의 몸에서 나온 검은 기운이 슈퍼마켓 아저씨를 감쌌다. 흑마법은 강한 힘을 발휘했다. 다행히 에메랄드 덕분에 김혜림의 흑마법이 성공했다.

만약 슈퍼마켓 아저씨가 멈춰 있지 않고 흑마법으로 맞서 싸워야 하는 상황이었다면 절대 이기지 못했을 것이다.

김혜림은 마음이 나쁜 사람이 아니었다. 그래서 차마 목숨을 빼앗는 강한 흑마법을 사용하지는 못했다. 그보다 한 단계 낮은 움직이지 못하는 흑마법을 사용했다. 이 흑마법은 정신은 깨어 있지만, 육체는 움직일 수 없다.

슈퍼마켓 아저씨는 더 이상 움직일 수도, 마법을 사용할 수도 없게 되었다. 누군가가 흑마법을 풀어주지 않는다면 슈퍼마켓 아저씨는 영원히 저 모습으로 굳어 있을 것이다.

김혜림의 흑마법이 성공했다.

시간이 지나자 슈퍼마켓 아저씨를 제외한 주변이 다시 원래대로 돌아왔다.

"휴, 다행이다."

"선생님 진짜 대단해요! 흑마법도 사용하실 수 있다니!"

"나도 공부만 해봤지, 사용하는 건 처음이라 성공할 줄 몰랐어. 현우 덕분이야. 어서 가자."

김혜림과 아이들은 학교 도서관 밖으로 도망쳤다. 정말로 교장이 마법으로 아멜리아 마법 학교를 만들었다면 학교 밖으로 도망쳐야 할 것 같았다.

서둘러 교문으로 향했다.

교장은 수정구슬을 통해 이 모든 상황을 지켜보고 있었다.

"젠장, 보석의 힘을 이용하다니."

교장은 분노에 휩싸였다.

교장의 몸 깊은 곳에서 검은 기운이 뻗어 나와 온몸을 감쌌다. 교장은 곧 거대한 검은 형상으로 변했다. 온몸에서 검은 아우라가 뿜어져 나왔다. 그것이 교장인지 검은 연기인지 구분되지 않았다.

검은 연기는 교장실을 나왔다. 정체를 알 수 없는 그것은 김혜림과 아이들을 찾기 시작했다. 곧 김혜림과 아이들을 찾아냈다. 그들은 아직 학교를 벗어나지 못했다.

다행이다. 학교를 벗어났다면 흑마법의 영향이 미치지 못

하겠지만, 아직 학교 안이다.

교장은 김혜림과 아이들이 갖고 있던 보석을 뺏기 위해 공격했다.

저까짓 아이들 몇 명이야 자신의 힘으로 충분히 없앨 수 있다. 그러나 아이들도 지지 않았다. 모두 힘을 모아 마법 지팡이를 교장에게 향했다. 최선을 다해 공격 마법을 사용했다.

그래도 교장의 마법을 이길 수 없었다. 교장의 힘이 너무 강했다. 아이들의 힘은 교장에게 한참 밀렸다.

김혜림이 아이들을 도왔지만, 절대 교장을 이길 수 없을 것 같았다. 교장 역시, 조금만 더 하면 보석과 아이들의 마법 지팡이를 뺏을 수 있을 것 같았다. 교장이 마법을 더 강하게 쓰기 시작했다.

그 순간 갑자기 지연이의 다이아몬드가 강하게 빛났다.

'분명 다이아몬드는 그것을 가진 사람을 위해 딱 한 번만 능력을 발휘한다고 했는데?'

아까 교장의 동상들과 싸울 때 다이아몬드는 이미 지연이를 도왔다. 그런데 또 빛나기 시작한 것이다. 지연이는 친구들을 쳐다봤다. 그런데 빛나고 있는 것은 지연이의 다이아몬드뿐만이 아니었다. 아이들이 가지고 있던 보석, 네 개가 모두 빛을 내고 있었다.

'무슨 일이지?'

현우는 자신의 호주머니에서 무언가 빛이 나는 것이 느껴졌다. 호주머니 안에서 보석을 발견했을 때 넣어두었던 회중시계가 빛나고 있었다.

현우는 회중시계를 꺼냈다.

회중시계의 바늘이 빠른 속도로 거꾸로 돌고 있었다. 현우의 회중시계가 다이아몬드의 시간을 되돌려준 것이다.

네 개의 보석은 마치 하나였던 것처럼 빛났다. 그 빛은 점점 크고 밝아졌다.

빛은 아이들을 보호하듯 감쌌다. 김혜림과 아이들은 보석의 빛 속에서 지금까지 느끼지 못한 강한 마법의 힘을 느꼈다. 그 마법의 힘은 김혜림과 아이들이 마법의 힘을 더욱더 강하게 사용할 수 있도록 도와주는 것 같았다.

마법 수업을 들을 때 느껴졌던 마법의 힘을 강하게 해주는 힘과 비슷했지만, 그것보다 훨씬 더 강하고 따스한 힘이었다.

더 이상 아이들은 교장에게 밀리지 않았다. 아니 교장보다 더 강해진 것 같았다.

보석이 점점 더 강하게 빛났다. 빛이 강해질수록 아이들의 힘도 점점 더 강해졌다.

교장의 힘이 밀리기 시작했다.

교장이 소리쳤다.

"보석들이 왜 너희들을 돕는 거지? 보석의 주인은 나라고!"

"보석은 우리가 갖고 있거든요."

"보석도 교장 선생님을 용서하지 못하겠나 봐요."

"다들 집중해!"

김혜림이 소리쳤다.

교장은 당황했다.

이까짓 아이들의 힘을 이기지 못하다니. 저 보석들 때문이야. 저 보석들만 아니라면 내가 이길 수 있는데.

화가 났다.

교장의 집중력이 흐트러지자 아이들의 마법이 교장의 마법을 덮어버렸다.

펑!

교장이 폭발했다.

"으아아악!"

교장이 비명을 질렀다.

아이들이 이겼다.

교장은 비명과 함께 연기처럼 흩어지더니 사라져 버렸다.

드디어 끝났다.

어두웠던 하늘이 서서히 밝아졌다.

5장

이별

국어 선생님

교장이 사라졌다. 지금이 학교를 벗어날 기회다. 김혜림과 아이들은 교문으로 향했다.

국어 선생님이 나타났다.

국어 선생님도 교장 선생님의 심복이었나?

모두 긴장했다. 보석들도 큰 힘을 써서 더 이상 힘을 사용할 수 없을 텐데. 우리도 지금은 힘이….

김혜림과 아이들은 긴장했다.

모두 경계 태세로 마법 지팡이를 쥔 손에 힘을 주었다.

"어? 김혜림 선생님도 계셨군요."

국어 선생님은 놀란 듯이 말했다. 그리고 아이들의 마법 지팡이를 본 국어 선생님이 웃으며 말했다.

"얘들아. 그렇게 경계하지 마. 나는 너희를 도우려고 온 거야. 교장이 사라진 걸 봤어. 그게 끝이 아니란다."

"네? 이제 끝난 거 아니에요?"

"이 학교에 걸린 흑마법을 풀어야 해. 그래야 너희들에게 걸린 저주도 풀 수 있어."

"저희에게도 저주가 걸려 있어요?"

"너희가 입학할 때 교장이 너희에게 저주를 내린단다. 그는 그것이 축복이라고 이야기하지만, 너희에게는 저주인 거지. 이 학교에 걸린 흑마법이 풀려야 너희에게 걸린 저주가 풀린단다. 지금까지는 교장의 힘이 너무 강해서 내 힘으로 이 저주를 풀 수 없었어. 교장이 사라진 지금이 저주를 풀 기회야."

국어 선생님은 한 번도 들어 본 적이 없는 마법 주문을 외웠다. 국어 선생님의 마법 지팡이에서 엄청나게 강한 빛이 나왔다.

'국어 선생님이 이렇게 강한 마법을 가지고 있었나?'

무지개 같은 오색찬란한 빛이 학교를 감쌌다. 그 빛은 학교 구석구석까지 스며들었다.

아이들은 자신들을 둘러싼 오색찬란한 빛이 그저 신기하기만 했다. 학교 전체가 빛으로 가득 찼다. 학교의 모든 곳이 밝아졌다.

빛으로 학교 전체가 정화되는 것 같았다.

그때였다.

"어?"

말로 설명하기 힘든 무언가가 느껴졌다. 마음 한구석이 밝고 가벼워지는 느낌이었다.

"선생님?"

"너희들도 정화되기 시작했구나. 너희가 입학할 때 교장이 흑마법의 씨앗을 마음 구석에 심어 놓는단다. 그 씨앗이 자라는 모양을 보고 영혼을 거두어 갈 아이들을 찾는 거야. 그 덕분에 너희들은 마법의 능력을 최대한으로 사용할 수 있었던 거고."

놀라웠다.

김혜림도 처음 듣는 이야기였다.

그럼 지금까지 우리가 사용했던 마법 능력이 결국은 교장 때문이었다는 건가.

"국어 선생님은 어떻게 이 모든 사실을 알고 계시는 거죠?"

"그게… 난 사실….."

국어 선생님의 이야기는 '아멜리아' 책의 이야기와 연결되었다.

국어 선생님의 원래 이름은 타미였다. 그는 젊은 교장이 구해준 남자를 쫓던 마법사 중 한 명이었다. 그는 마법사 중에서 마음이 약한 편이었다. 그래서 마법사들이 지키던 보석을 훔친 그 남자를 공격하는 순간 마법의 힘을 약하게 사용했다. 그 덕에 그 남자는 죽지 않고 도망갔다.

그 남자의 정체는 세계적인 대도 '안토니오'였다.

그는 자신이 마음먹은 것은 무엇이든 훔칠 수 있었다. 한 번도 실패한 적이 없었다. 안토니오는 자신의 실력을 자만했다. 그래서 세상에서 가장 희귀하고 훔치기 힘든 것들을 골라 훔쳤다. 그의 명성은 더욱 높아졌다. 더 이상 훔칠 만한 것이 없었다. 그는 무척 무료한 날을 보내고 있었다.

그러던 어느 날 그는 마법사의 보석과 아멜리아 책에 관한 이야기를 들었다. 보석과 아멜리아 책의 능력도 능력이지만 희귀함이 그의 마음을 끌었다. 자신의 실력을 보여줄 멋진 기회였다. 게다가 마법까지 걸려 있다니 흥미가 생겼다.

그는 자신의 정보망을 이용해서 보석과 아멜리아 책이 어디에 있는지 찾아냈다.

마법사들은 산꼭대기 절벽에 마법으로 거대한 성을 만들고 그 속에 보석과 아멜리아 책을 숨겨놓고 지키고 있었다. 일반인은 보석과 아멜리아 책을 훔치는 것이 불가능했다.

하지만 안토니오에게는 불가능이란 없다. 안토니오는 그 마법을 뚫고 보석과 아멜리아 책을 훔쳤다. 게다가 교묘하게 훔쳤기에 마법사들도 처음에는 도둑맞은 것을 알지 못했다.

그런데 얼마 지나지 않아 대마법사의 마력이 눈에 띄게 약해졌다. 마법사들은 그 원인을 찾기 시작했다. 그러던 중 마법사 한 명이 수정구슬을 통해 안토니오가 보석과 아멜리아 책을 훔쳐서 달아나는 모습을 발견했다.

보석과 책을 찾기 위해 모든 마법사가 안토니오를 찾았다. 안토니오는 완벽하게 자취를 감추었다. 대도답게 아무리 찾아도 찾을 수 없었다.

백 년이 지났다.

보석과 아밀리아 책과 교감을 나누며 마법의 힘을 나누어 주던 대마법사의 몸은 나날이 약해졌다.

더 이상 지체할 수 없었다. 보석과 책을 찾지 못하면 모든 마법사의 힘이 소멸할 것이다. 대마법사는 자신의 마지막 힘을 모아 안토니오가 있는 곳을 찾아냈다.

안토니오는 이미 보석과 아멜리아 책의 힘으로 모든 것들을 다 이루고 있었다.

보석과 아멜리아 책은 선한 의도로 사용해야 한다. 보석과 아멜리아 책의 힘을 잘못 사용하면 세계를 파괴할 수도 있다. 그런데 안토니오는 이미 훔칠 때부터 선한 의도를 하고 있지 않았다.

안토니오는 보석과 책을 훔쳤지만, 그것을 사용하는 방법은 몰랐다. 그런데 아멜리아 책을 읽으면서 보석과 책을 사용하는 방법을 알게 되었다.

보석과 책은 그의 삶을 바꾸기 충분했다. 지금까지 그는 물질적인 부는 누렸지만 무언가 빠진 듯 삶에서 심심한 부분이 있었다. 보석과 책은 그 심심한 부족을 꽤 만족시켜 주었다.

마음속에 있던 욕심이 안토니오를 감싸기 시작했다. 안토니오는 자신의 만족을 위하여 보석과 책을 이용해 말도 안 되는 일들을 벌였다. 선한 의도가 아닌 방법으로 사용하기 시작한 것이다.

세상은 혼란스러워지기 시작했다. 그 혼란스러움은 안토니오가 있는 곳을 중심으로 점점 전 세계로 퍼지고 있었다. 세계 전체에 이 혼란스러움이 퍼지면 이 세상은 무너질 것이다.

그를 말려야 했다.

보석과 아멜리아 책도 찾아야 했다. 마법사들은 안토니오에게 지금까지 그의 행동에 관해 설명했다. 보석과 아멜리아 책이 욕심을 만나면 세상이 무너진다는 것도 이야기했다. 하지만 이미 보석과 아멜리아 책의 능력을 알고 있던 욕심에 눈이 먼 안토니오에게 마법사들의 말은 들리지 않았다.

마법사들은 힘을 모아 안토니오에게 마법의 주문을 사용했다. 도저히 마음을 바꾸지 않았기 때문에 강한 마법을 사용

242

해 안토니오를 없애려 했다. 안토니오는 보석의 힘으로 강하게 저항했다. 자신들을 지지해줄 대마법사가 사라진 마법사들은 보석의 힘을 이기기 힘들었다.

다행히 안토니오는 아직 보석을 제대로 다루지는 못했다. 그 덕에 안토니오에게 중상을 입힐 수 있었다.

안토니오를 영원히 없애려 할 때, 타미의 마음이 약해졌다. 그가 마법사가 된 건 세상을 지키고 싶은 마음 때문이었는데 그 마법으로 누군가를 죽이다니.

그 순간 자신도 모르게 주춤했다. 타미의 마법이 약했던 덕에 안토니오는 치명상은 입었으나 죽지 않았다. 안토니오는 에메랄드를 사용해서 시간을 멈추고 도망갔다.

뒤늦게 마법사들이 안토니오를 쫓았지만, 그가 어디로 사라졌는지 알 수 없었다. 안토니오를 다시 찾는 일은 절대 쉽지 않았다. 마법사들은 전 세계를 다녔으나 안토니오를 찾을 수 없었다.

마법사들 역시 서서히 소멸하였다. 마법사들은 소멸하기 전, 얼마 남지 않은 마법 능력을 가장 어린 타미에게 주었다. 그들은 타미에게 꼭 안토니오를 찾아 보석과 아멜리아 책을 되찾을 것을 부탁했다.

타미는 자신 때문에 이런 일이 생겼다는 생각에 마법 능력을 받을 때마다 마음이 무거웠다. 다른 마법사들을 생각해서 반드시 그 도둑을 찾아서 보석과 아멜리아 책을 되찾아야 했다.

타미는 남은 평생을 안토니오를 추적하는 데 바쳤다. 오랜 세월 끝에 아멜리아 마법 학교 교장이 마법사의 보석과 아멜리아 책을 숨기고 그 능력을 사용하고 있다는 것을 알았다. 그 보석과 책을 되찾기 위해 자신의 신분을 숨기고 국어 선생님으로 이 학교에 들어온 것이다.

국어 선생님은 지금까지 기회만 엿보고 있었다.

보석과 책을 찾아야 마법의 힘을 최대한으로 발휘할 수 있다. 힘이 부족했다. 그는 교장이 아이들의 영혼을 거두어 갈 때도, 선생님들에게 흑마법을 걸 때도, 매년 신입생들에게 흑마법을 사용할 때도 아무것도 할 수 없었다. 특히 아이들의 영혼을 거두어갈 때마다 무척 괴로웠다.

자신도 이제 늙어가고 있었다. 소멸이 얼마 남지 않았다는 생각에 마음이 조급했다.

그때 아름이가 나타났다. 그는 아름이를 보고 감탄했다. 아름이는 마법의 힘이 부족했지만 포기하거나 물러서지 않았다. 아름이를 볼 때마다 지금껏 소심했던 자신이 부끄러웠다. 아름이와 함께 교장을 물리쳐야겠다고 생각하고 아름이에게 몰래 전령을 보냈다. 그런데 아름이가 약속 장소에 나오지 않았다.

그날 아름이가 교장에게 죽임을 당한 것이다.

국어 선생님은 좀 더 적극적으로 교장에게 대응했어야 했는데 그러지 못해 후회하고 있었다. 그런데 마법 지팡이가 교장의 일을 알려주었다.

무슨 일인가 하며 학교로 오는데 교장이 하늘에서 사라지는 모습을 보았다. 그는 교장을 없앤 사람들이 누구인지 궁금해하며 오다가 김혜림과 아이들을 만났다고 했다.

교장이 사라진 지금 아멜리아는 교장의 영향을 받지 않았다. 지금이 학교에 걸린 흑마법을 풀 유일한 기회였다.

지연이는 왜 꿈에서 아름이가 국어 선생님을 가리켰는지 알 수 있었다.

'아름아, 네가 하고 싶었던 말이 이거였구나. 고마워.'

흑마법이 풀린 아이들은 학교를 벗어났다.

"애, 너 잠깐만."

국어 선생님이 봄이를 불렀다.

"저요?"

앞서가는 아이들 뒤에서 국어 선생님은 봄이에게만 귓속말로 무언가를 속삭였다.

마무리

드디어 모든 것이 끝났다.

하지만 아직 완전히 끝나지 않았다.

아름이에게 가야 했다. 아름이에게 가서 네가 하려던 것을 우리가 해냈다고 이야기해야 했다. 아름이가 그 이야기를 듣고 마음이 풀리기를 바랐다. 아름이 마음이 편해졌으면 했다.

다음 날 새벽 5시에 필요한 물품을 각자 준비해서 만나기로 했다. 한 사람씩 아름이와 마지막 인사를 하려는 것이었다.

지연이는 터벅터벅 방으로 들어왔다.

집은 조용했다. 신발을 가지런히 정리하고 조용히 침대에 걸터앉았다.

아직도 아까 있었던 일이 생각나서 몸이 붕 떠 있는 것 같았다. 마음이 진정되지 않았다. 살며시 문을 닫았다.

'어떻게 이런 일이 일어날 수 있지?'

갈아입을 옷과 수건을 준비해서 샤워실로 들어갔다. 수건은 문고리에 걸고 욕조에 따뜻한 물을 틀었다. 금세 수도에서 따뜻한 물이 쏟아졌다. 따뜻한 물을 보니 마음이 편안해졌다.

욕조에서 김이 모락모락 피어올랐다. 거울에 하얗게 김이 서렸다. 자연스럽게 거울을 손으로 닦고 자기 얼굴을 봤다. 좀 피곤해 보이긴 해도 편안한 표정이었다.

선반 위에 있던 연보라색 입욕제를 욕조에 넣었다. 입욕제가 둥실둥실 뜨면서 욕조의 물을 예쁜 연보라색으로 물들였다.

'아, 이제 진짜 끝났구나! 이 입욕제처럼 우리에게 좋은 일이 가득 퍼지겠구나.'

욕조에 발을 넣었다.

욕조 안은 따뜻했다.

욕조에 몸을 담그자 노곤해졌다.

모든 일이 끝났다는 안도감에 피로가 밀려왔다. 자신도 모르게 스르륵 눈이 감겼다.

이제 정말 평화가 찾아왔다.

샤워하고 나와 거울을 보았다. 거울 속의 모습이 물에 젖은 강아지처럼 보여서 피식 웃음이 나왔다.

지연이는 말수가 적은 편이라 그렇게 보이지 않아서 그렇지 의외로 성격이 급한 편이다. 몸에 묻은 물을 다 닦지도 않고 드라이기를 들어 머리를 말렸다. 여유롭게 콧노래도 흥얼거리고 있었다.

화장대를 보니 예전에 사서 한 번도 쓰지 않았던 헤어에센스가 보였다. 평소 같으면 그냥 보고 지나쳤겠지만, 오늘은 왠지 바르고 싶었다. 손에 헤어에센스를 듬뿍 짜서 비볐다.

양손 가득 헤어에센스를 머리카락에 바르니 싫어하는 향기가 코를 찔렀다.

'윽. 역시 이 에센스는 내 스타일이 아니야…'

지연이는 잠옷으로 갈아입고 옷장 문을 열었다.

이렇게 코디해보고 저렇게 코디해보았지만 다 마음에 들지 않았다. 옷장 안의 옷이 모두 나왔다.

아마 지연이 인생을 통틀어 이렇게 옷장을 많이 뒤지며 옷을 고른 건 이번이 처음이자 마지막일 것이다.

아름이에게 마지막 인사를 하러 가는 거라 가진 옷 중에서 제일 예쁘고 좋은 것으로 고르고 싶었다. 한참 동안 혼자 거울을 보며 이것저것 몸에 맞춰보고 제일 마음에 드는 옷으로 골랐다.

아름이를 만날 시간이 얼마 안 남았다는 생각에 마음이 몽글몽글해졌다.

그 기분을 유지하고 싶었다. 잠들고 싶지 않았다.

지금 시간이 소중하게 느껴졌다.

'내 소중한 친구 아름이. 제일 예쁜 모습으로 너를 만나러 갈게.'

한참 뒤척이던 지연이는 탁자 밑에서 책을 꺼냈다. 지연이는 항상 자기 전에 책을 읽었다. 특히 지금처럼 마음이 떨릴 때 그것을 달랠 수 있는 건 책뿐이다.

마법 지팡이를 살짝 흔들자 마법 지팡이 끝이 밝아지고 따뜻한 우유가 담긴 머그잔이 나타났다. 지연이는 따뜻한 우유를 천천히 마시며 책을 읽었다.

오늘은 평소와 달랐다.

단어 하나하나가 기분 좋게 느껴지고 가슴이 따뜻해졌다. 10분 정도 읽으니 잠이 왔다. 침대 옆 탁자에 빈 머그잔을 올려놓고 마법 지팡이의 불빛을 후 불었다. 마법 지팡이의 불빛이 꺼졌다.

이불을 덮고 눈을 감았다.

띠리리리리리 띠리리리리리.

4시 30분.

알람을 끄고 졸린 눈을 비비며 잠에서 일어났다.

밖을 보니 하늘이 아직 컴컴했다. 이부자리를 정리하고 부랴부랴 이를 닦았다. 막상 옷을 입으려니 왠지 마음에 들지 않았다. 하지만 다시 고를 시간이 없었다.

막상 아름이에게 간다고 생각하니 조금 긴장되었다. 지연이는 아름이에게 가져갈 물건을 이것저것 꼼꼼하게 챙겼다.

신발을 신기 전에 물티슈 한 장을 뽑아서 신발을 문질렀다. 이 정도의 더러움은 평소라면 그냥 지나쳤겠지만, 오늘은 아름이를 보러 가는 날이라 그런지 신경 쓰였다.

문을 열고 나가자 시원한 새벽공기가 온몸을 감쌌다. 새벽공기를 들이마시는 것만으로도 기분이 좋았다. 하지만 아직 날이 밝지 않아서 조금 무섭기도 했다. 무서움을 떨치려고 가방 뒷주머니에 있는 이어폰을 꺼내 귀에 꽂았다.

산뜻한 노래로 골랐다.

산뜻한 노래가 주변의 분위기를 바꿔주었다.

지연이는 하늘을 보면서 천천히 걷고 있었다.

저 멀리에서 봄이가 보였다. 지연이는 새벽이라 시끄러울까 봐 작은 소리로 봄이를 불렀다. 그런데 봄이가 뒤돌아보지 않았다. 지연이가 부르는 소리가 너무 작았나 보다. 봄이에게 더 가까이 다가갔다.

"봄아!"

봄이를 부르며 등을 살짝 치자 봄이가 뒤돌아보았다. 자세히 보니 봄이도 이어폰을 끼고 있었다. 그래서 지연이의 목소리가 들리지 않았던 것 같다.

봄이는 뚱한 목소리로 말했다.

"이현우랑 김민규 둘 다 늦잠 자서 10분 늦을 것 같대. 오늘이 얼마나 중요한 날인데 늦잠이라니. 정말 마음에 안 들어. 지연아, 우리 저기 놀이터에 가서 기다리고 있을까?"

두 사람은 어느새 이어폰 하나로 노래를 같이 듣고 있었다. 봄이랑 단둘이 걷는 것은 처음이었다. 왠지 부끄럽기도 하고 어색하기도 했지만, 기분은 좋았다.

놀이터에 도착했다.

두 사람은 그네를 탔다. 새벽이라 그런지 놀이터에는 아무도 없었다. 봄이는 비장한 표정으로 그네를 잡자마자 그네 위로 올라섰다. 그네를 높이 타기 위해 무릎으로 시동을 걸었다.

그 모습을 보고 지연이는 피식 웃었다. 지연이는 봄이와 반대로 그네에 앉아 발로 살살 굴리며 그네를 탔다.

"어제 집에 가서 뭐 했어?"

봄이가 그네를 타며 물었다.

봄이를 보려고 했지만 보이는 건 봄이의 무릎뿐이었다. 봄이의 얼굴을 보려면 고개를 너무 높이 들어야 해서 얼굴을 보는 건 포기했다.

지연이는 고개를 숙여 자신의 두 발을 보며 말했다.

"어…? 어 그냥 어제 씻고 책 읽고 바로 잤어."

사실대로 말하기 부끄러웠다.

오늘 입을 옷을 누구보다 열정적으로 골랐다는 건 비밀이다.

그 말을 들은 봄이가 탄식했다.

"나는 어제 밀린 비디오게임 했는데, 역시 지연이는 다르구나. 책을 읽었다니 대단한걸?"

"10분만 읽었다는 건 비밀이다."

"그럼 나도 비디오게임 했다는 거 비밀로 해줘."

이별 준비

"너도 마음고생 심했겠다."

갑작스러운 위로에 당황했다.

지연이는 봄이가 하는 말의 뜻을 이해하려고 애쓰며 고개를 들어서 봄이를 쳐다보았다.

언제 그네에 앉았는지 봄이는 멍한 얼굴로 그네에 앉아 자기 신발을 쳐다보고 있었다. 봄이의 모습을 보자 아름이가 죽고 난 후 벌어졌던 모든 일이 생각났다. 아름이의 죽음에 대해 알아내기 위해 고생했던 일을 생각하니 갑자기 눈물이 나올 것 같았다.

눈물을 흘리지 않으려고 고개를 들어 하늘을 보며 눈을 깜빡거렸다. 눈물이 멈춘 것 같을 때 봄이를 보며 말했다.

"조금 힘들었어. 조금…."

또다시 정적이 이어졌다.

정적을 깨기라도 하듯 봄이가 하늘을 보며 말을 꺼냈다.

"…너도나도 모두 다 힘들었을 거야. 근데 이제 다 해결됐고 끝났으니까 지난 일에 휘둘리지 말자. 우리 이제부터 현재에 집중하자. 계속 이렇게 무기력하게 있을 순 없잖아?"

그 순간 지연이 눈에 봄이가 다르게 보였다.

평소 말만 많고 자신의 감정에만 충실한 줄 알았던 봄이었다.

봄이가 이런 말도 하다니.

왠지 봄이가 멋있어 보였다.

자기도 모르게 봄이를 멍하니 쳐다보았다. 지연이가 자신을 빤히 바라보자 봄이가 어색했는지 벌떡 일어나며 말했다.

"이현우랑 김민규 도착했단다! 우리도 빨리 가자!"

봄이가 얼굴이 빨개진 채 후다닥 도망갔다. 지연이는 싱긋 웃으며 봄이를 따라나섰다.

5시 15분.

지연이와 봄이는 공원 벤치에 앉아 있는 현우와 민규를 발견했다. 현우는 급하게 나왔는지 머리 정돈이 안 되어 있고 민규는 검은색 야구 모자를 쓰고 있었다.

"어이~. 이게 누구신가~. 학교의 비밀을 찾아낸 용감한 두 용사가 아니신가~~."

봄이가 장난을 치며 다가갔다.

그 모습을 보고 지연이도 킥킥 웃었다.

"아, 좀 그런 말 하지 마."

민규가 정색하자 현우가 자리에서 벌떡 일어나며 말했다.

"야, 왜 그래. 난 좋은데. 지구를 지킨 네 명의 용감한 용사들!"

현우가 갑자기 일어나서 두 손을 허리에 올리며 우스꽝스럽게 말했다. 그 모습을 보고 민규도 웃긴 지 입술을 깨물며 웃음을 참았다.

"하여간 칭찬을 못 해요. 이현우, 자리에 다시 앉아!"

지연이와 봄이는 큰 소리로 웃었다. 두 사람의 웃음소리에 현우와 민규도 따라 크게 웃었다.

아름이가 죽고 난 후, 침울했던 마음이 이제는 편안함으로 바뀐 것 같았다. 네 사람의 웃음소리는 그 일 이후로 가장 편안하게 들렸다.

이제 정말로 편한 마음으로 아름이를 만날 수 있을 것 같았다.

"…그러니까 그때 이현우가 넘어져서 얼마나 웃기던지. 그러고는 벌떡 일어나서 막 도망가더라고, 그 꼴이 진짜 얼마나 웃겼는지 너희들이 그 모습을 봤어야 했는데."

민규가 이렇게 말을 많이 하는 모습을 처음 보았다. 항상 다른 아이들의 말을 까칠하게 비꼬던 민규였다.

민규도 마음이 홀가분해진 것 같았다.

"야, 그만 말해…. 부끄러워…."

반대로 항상 당당한 현우가 부끄러워하는 모습도 처음 보
았다.

둘의 새로운 모습을 본 봄이와 지연이는 서로 마주 보며
또 웃었다. 그냥 자꾸 웃음이 나왔다. 이러다간 온종일 웃기
만 할 것 같았다. 가만히 있어도 저절로 웃음이 났다.

아름이에게 가면서 끝말잇기 게임을 했다.

"비누."

"누텔라."

"라면."

"면접."

"접수."

"수산화나트륨. 아싸!"

승리의 미소를 띠며 결정적 단어를 날린 봄이가 끝말잇기
게임에서 이겼다.

"후후후. 넌 나한테 절대 못 이겨."

"이런 져버렸네…."

끝말잇기 게임에서 진 현우가 씁쓸한 표정을 지었다. 승리
의 맛을 본 봄이가 또 이기고 싶은지 끝말잇기 게임을 한 번
더 하자고 했다. 끝말잇기를 다시 하자는 봄이의 말에 현우

의 눈빛이 달라졌다. 봄이는 현우의 눈빛을 보지 못했다. 앞 게임에서 이긴 봄이가 시작했다.

"표범."

"범인."

"인간."

"간식."

"식사."

"사이클로헥시설파민산나트륨. 이번엔 내가 이겼다! 아싸!"

이런, 봄이가 방심했다. 현우는 벌써 자신이 이겼다고 손뼉을 치며 난리가 났다.

끝말잇기 게임에서 진 봄이는 그런 단어는 처음 들어 본다며 절대 인정할 수 없다고 마구 화를 냈다.

결국 민규와 지연이가 끝말잇기 게임의 공정한 판정을 위해 '사이클로헥시설파민산나트륨'이라는 단어가 진짜 있는 단어인지 찾아보기로 했다.

마법 지팡이로 사전을 소환했다. 사전이 휘리릭 넘어가더니 '사이클로헥시설파민산나트륨'이라는 단어가 나왔다.

정말 있는 단어였다.

현우와 봄이의 표정이 완전히 달라졌다. 아이들은 현우가 어떻게 이 단어를 알고 있는지 신기해했다.

"하지만 아직 동점이야!"

봄이는 한쪽 손을 허리에 올리고 나머지 손으로 현우를 가
리켰다. 만화 캐릭터 같았다.

현우는 그런 봄이의 모습을 보고 어깨를 들썩거리며 웃었
다. 지연이도 한 손으로 입을 가리고 킥킥거리며 웃었다. 다
함께 가는 길이 이렇게 재미있을 줄 몰랐다.

'아름이도 같이 있었다면 좋았을 텐데….'

아마 네 사람 다 비슷한 생각이었을 것이다.

신나게 웃고 떠들다 보니 어느새 아름이의 무덤에 도착했
다. 비석에서 이름을 확인하고 각자 아름이를 위해 챙겨 온
물건들을 꺼냈다.

봄이와 민규는 아름이가 좋아했던 과일과 음식을 챙겼고
현우는 돗자리, 지연이는 빨간색과 노란색이 섞인 메리골드
꽃을 가지고 왔다.

바닥에 돗자리를 깔고 꽃을 꽂았다. 봄이는 과일을 깎고
과자와 함께 접시에 담아 제단에 올렸다. 네 사람은 돗자리
에 앉았다.

마지막 인사

아무도 말하지 않았다.

현우는 조용한 분위기가 어색한 듯 두리번거리며 하늘을 올려다보았다. 무덤 위의 잡초가 보였다. 눈에 거슬렸다.

현우는 잡초를 뽑으려고 스윽 일어났다.

그때 봄이가 말했다.

"너희들 아름이에게 하고 싶은 말 없어?"

현우는 눈치를 보더니 다시 그대로 풀썩 앉았다.

또다시 정적.

잠시 뒤 민규가 말을 꺼냈다.

"저… 내가 먼저 말해도 될까?"

아이들이 고개를 끄덕였다.

민규가 머뭇머뭇하자 다른 아이들이 자리를 비켜주었다.

민규는 비석 앞에 가서 앉았다.

흐음, 잠시 심호흡을 하고 말을 시작했다.

"음…. 아름아. 저기 뒤에 친구들이 다 듣고 있어서 부끄럽긴 한데… 그래도 말할게. 나 너한테 하고 싶은 말이 많았거든."

감정이 북받치는 것 같았다.

민규는 잠깐 숨을 들이쉬었다가 말을 이어 나갔다.

"아름아. 솔직히 나는 네가 자살했다고 했을 때 믿을 수가 없었어. 그거 기억나? 나 싸가지 없는 아이라고 소문나서 애들이 다 나를 피했잖아. 그때 급식도 혼자 먹고 마법 수업 때도 나 혼자였어. 괜찮은 척했지만 사실 힘들었거든. 그런데 네가 딱 내 앞에 나타나더라. 나한테 음료수 먹지 않겠냐고. 지금 생각해 보면 웃긴 말이지만 난 그때, 네 말에 정말 감동했었어. 내가 친구를 사귀려고 노력한 건 그때가 처음이었어."

민규는 울먹이며 말했다.

"너 같은 친구를 절대로 놓치면 안 되겠다 싶더라. 그래서 노력했어. 덕분에 현우, 지연이, 봄이도 만나게 되었지. 그 뒤로 사교성이 좋아졌다는 말도 들었어. 생각해 보니까 너한테 참 고마운 게 많네. 말이 너무 길어졌다. 너 말 많은 거 싫어했잖아. 나는 너와 관련된 것들 다 기억해. 정말 고마웠고 네가 베풀어준 모든 것 다 기억할게. 마지막으로 한마디만. 정말 고마웠어."

민규가 뒤돌아보았다.

웃고 있었지만, 얼굴이 빨개져서 눈물이 흐르고 있었다. 그 모습을 보니 봄이도 울컥했다. 민규가 눈물을 닦으며 말했다.

"하…. 다 말하니까 속이 다 시원하네! 다음은 누구?"

"내가 말할게."

봄이가 앞으로 성큼성큼 나갔다. 그리고 무릎을 꿇고 소리쳤다.

"야, 이 계집애야!! 누가 너 먼저 가래?? 누가…. 너…."

말을 잇지 못하고 서럽게 울었다.

봄이는 잠깐 울음을 멈추기 위해 심호흡했다. 잠시 후 봄이는 말을 이어갔다.

"야, 너 진짜 답답하다. 그런 일이 있었으면 우리에게 먼저 말했어야지, 비겁하게 너 혼자 꼭꼭 숨겨 두면 어떡하냐? 우리 좀 믿어주지. 우리 봤지? 멋지게 사건을 해결한 거? 그러니까 그…그쪽 가서도 힘든 게 있으면 숨기지 말고 우리한테 꼭 이야기해. 알았지? 그리고 이 언니가 너랑 잘 어울리는 꽃을 사 왔다."

봄이가 꽃다발을 들고 흔들었다.

"예쁘지? 이 꽃 이름은 메리골드야. 알아? 이 꽃말 이름이 우정인데 이 언니가 이 꽃을 보는 순간 느낌이 빡 왔지 뭐야. 이건 아름이와 우리를 위한 꽃이다. 이렇게. 이 꽃 보면서 꼭 우리 생각해. 네 눈앞에 꽂아놓을 테니까 계속 우리 생각해 줘야 해. 알았지? 그리고 이제 진지하게 한마디 할게. 고마웠어. 아름아. 이제 걱정 없이 편히 쉬어. 너 절대로 잊지 않을게. 사랑해."

말을 끝낸 봄이는 꽃을 꼭 껴안고 목이 터져 나가도록 큰소리로 엉엉 울었다. 꽃다발을 너무 세게 껴안아서 꽃송이가 몇 개 바닥에 떨어졌다. 봄이는 아랑곳하지 않고 계속 울었다.

울음도 전염되는지 어느새 현우와 민규도 같이 울었다. 지연이도 눈물이 흘렀다.

네 사람은 큰 소리로 한참을 울었다. 울고 나니 마음이 진정되는 것 같았다.

봄이가 아직도 눈물이 글썽글썽한 눈으로 웃으면서 말했다.

"민규 말대로 다 말하고 나니까 속이 시원하네. 다음은 누가 말할래?"

이번엔 현우가 손을 살며시 들었다.

봄이는 눈이 퉁퉁 부은 채, 웃으면서 자리를 비켜주었다.

현우는 옷매무새를 손보면서 나왔다. 머쓱한지 머리도 한 번 만졌다. 왠지 아름이에게 단정한 모습을 보여야 할 것 같았다.

"음…. 무슨 말부터 해야 할지 모르겠는데…."

현우가 긴장한 듯 이마를 닦았다. 현우의 등이 땀에 젖어 있었다.

"아름아, 우리 다시 만났을 때 기억나? 나는 진짜 너를 다시 만날 거라고는 생각도 하지 못했어. 그런데 너를 만나서 너무 반가웠어."

손에서도 땀이 나는지 현우는 바지에 손을 닦았다.

"솔직히 나 정말 좋았어. 이렇게 잘 맞는 친구가 어디 있겠냐고 정말 하늘에서 내려주신 하나밖에 없는 친구라고 생각했는데···. 근데 너 없으니까 알겠더라. 익숙하고 소중한 것을 잃지 말자고 하잖아? 너 가고 많이 힘들었는데 그래도 이게 현실이잖아. 열심히 살아보려고. 꼭 지켜봐 줘."

현우 차례가 끝났다.

남은 건 지연이였다.

자신의 차례인 건 알았지만 발이 떨어지지 않았다. 너무 떨렸다. 하고 싶은 말은 많지만 무슨 말을 해야 할지 머릿속에서 뒤죽박죽 섞여 아무 말도 나오지 않았다.

갑자기 어디선가 봄이의 목소리가 들렸다.

"야! 서지연!! 너 어디 아파??"

뭐지? 나 기절했었나?

"아···. 아니!! 나 괜찮아!"

정신을 차리고 보니 현우, 민규, 봄이 모두가 지연이를 걱정스러운 눈빛으로 쳐다보고 있었다.

봄이가 지연이의 손을 주무르며 말했다.

"너 아까 너무 많이 울어서 그런 거 아니야? 많이 울면 머리 아프잖아!!"

친구들이 자기를 다 쳐다보고 있어서 부끄러워진 지연이가 허둥지둥했다. 주목받아본 경험이 없었던 탓에, 갑자기 자신에게 관심이 몰리니까 부끄러웠다.

"아니!! 그게 아니라…. 그냥 생각을 많이 해서 그런 거야!!"

이유는 잘 모르겠지만 친구들의 얼굴을 보기 부끄러웠다.

다른 친구들이 조용했다.

'혹시 내가 실수했나….'

지연이가 다른 친구들의 눈치를 보자, 민규가 말했다.

"에이, 그런 거였어? 나는 진짜 아픈 줄 알았네. 말을 하지 그랬어."

현우도 웃으며 말했다.

"천천히 말해도 되고 부담스러우면 말하지 않아도 되니까 천천히 해. 아름이도 이해할 거야."

지연이는 친구들이 다독여주자 친구들에게 소리친 게 미안했다.

민규가 갑자기 기지개를 켜면서 말했다.

"아, 근데 김혜림 선생님은 뭐 하고 계실까?"

현우가 과자를 와삭와삭 씹으며 말했다.

"모르겠어. 뭐 하고 계실까? 궁금하다."

"으아, 쌤 보고 싶다…."

현우가 돗자리에 누웠다.

모두 현우의 말에 동의했다.

어느새 네 명의 친구들은 모두 돗자리에 누워 하늘을 보고 있었다. 넋을 놓고 하늘을 보고 있는데 지연이가 결심한 듯 말했다.

"나 생각이 정리된 것 같은데 이제 일어나서 말해도 될까?"

갑자기 조용해졌다.

뭔가 잘못 말했나 싶어 지연이의 두 눈이 똥그랗게 되었다. 그 모습을 보고 민규가 갑자기 피식 웃었다. 현우랑 봄이도 민규를 따라 웃었다. 지연이는 무슨 상황인지 파악이 되지 않았다.

지연이가 당황해하는 모습을 보고 민규가 킥킥거렸다.

"하하하. 야…. 당연히 되지. 그런 걸 왜 이렇게 진지하게 말해. 너무 진지하게 말해서 빵 터졌네."

"아…. 난 또 내가 뭘 잘못한 줄 알았어."

지연이가 말할 준비가 되자 친구들이 자리를 비켜주었다.

지연이는 크게 심호흡하고 앞으로 나갔다.

가지런하게 앉아서 떨리는 목소리로 이야기를 시작했다.

목소리가 떨렸다.

"아름아, 먼저 고맙다고 이야기하고 싶어. 네 덕분에 많은 일을 해결했어. 학생들도 살려낼 수 있었고 교장 선생님도 물리칠 수 있었고, 우리 학교에 걸린 저주도 풀 수 있었어. 다 네 덕분이야. 그러니까 그곳에서는 부디 편안했으면 좋겠어."

긴장한 듯 침을 꼴깍 삼키고 말을 이어 나갔다.

"이제 우리 걱정하지 않아도 돼. 모든 게 다 끝났으니까, 알았지? 마지막으로 고맙고 미안했어. 잊지 않을게. 사랑해."

말을 마쳤다.

눈물이 나왔다.

눈물을 닦아도 계속 나왔다.

친구들이 왜 그렇게 울었는지 알 것 같았다. 급하게 휴지를 찾아 눈물을 닦고 뒤돌았다.

분명 울고 있는데 웃음이 나왔다. 네 명 다 똑같았다.

서로 눈물에 젖어서 웃고 있는 모습이 웃긴 지 서로를 쳐다보면서 웃기 시작했다.

큰 소리로 웃고 나니 마음이 개운해졌다.

교장의 최후

"애들아, 우리 이제 뭐 해야 해?"

서로 눈치만 보았다.

봄이가 한숨을 폭 쉬며 이야기했다.

"뭐하긴, 교장 선생님을 없애야지."

다른 아이들이 깜짝 놀라 봄이를 쳐다봤다.

"그때 교장 선생님 사라진 거 아니었어?"

"사라지긴 했지. 그런데 완전히 사라진 게 아니야."

"그게 무슨 소리야?"

봄이가 잘난 척하면서 설명했다.

교장이 오랜 시간 동안 이 보석을 소유하면서 이 보석과 교장은 서로 교감을 통해 이어졌다고 한다. 그래서 교장을 완전히 없애기 위해서는 이 보석을 부숴야 한다고 했다.

현우는 이해가 안 된다는 듯 되물었다.

"뭐? 그게 무슨 말이야?"

"우리 다 같이 봤잖아. 그때 교장 선생님이 사라지고 국어 선생님이 학교를 정화해줬잖아."

"아, 답답하네. 사라지긴 했지. 하지만 아직 완전히 사라진 게 아니라고. 교장 선생님이 이 보석이랑 이어져 있다고. 이 보석이 존재하는 이상 교장 선생님은 언제든 다시 살아날 수 있어. 그래서 교장 선생님을 없애려면 이 보석을 부숴야 한다는 말이야. 알겠어?"

봄이는 자기 말을 이해하지 못하는 아이들이 답답했다.

한참 흥분해서 이야기하던 봄이는 아이들의 표정을 보고 자신이 너무 흥분했다는 걸 깨달았다.

"미안. 그동안의 일이 생각나서 내가 너무 흥분했나 봐."

나쁜 사람이긴 했지만, 교장을 완전히 없앤다는 것은 망설여졌다. 그건 생명을 빼앗는 일이니까.

하지만 이것이 유일한 방법이었다. 교장을 그대로 둔다면 아멜리아 학생들은 계속 사라질 것이고, 제2의 아름이, 제3의 아름이가 나오지 말라는 법이 없었다.

또다시 그렇게 되도록 둘 수는 없었다.

다들 결심한 듯 고개를 끄덕였다.

봄이가 다시 한번 확인했다.

"그러면 보석을 부수는 것에 다들 동의하는 거지?"

모두 진지한 표정으로 고개를 끄덕거렸다.

보석을 부술만한 곳을 찾기로 했다. 사람들이 없는 곳에서 부숴야 할 것 같았다. 현우가 자신이 아는 장소가 있다고 했다. 가끔 몸과 마음이 힘들 때 가는 곳인데 조용하고 으슥해서 보석을 부수기 좋을 거라고 했다.

가는 길이 험해서 조금 힘들었다.

뒤에서 봄이의 툴툴거리는 소리가 들렸다. 한참 풀을 헤치며 가다 보니 현우의 목소리가 들렸다.

"다 왔어, 친구들아!"

현우가 옆으로 비키자 아이들의 눈에 아름다운 풍경이 들어왔다. 붉은빛이 일렁이는 태양이 바다 위로 올라오고 있었다. 주황색과 노란색 빛이 어우러져 하늘에 아름다운 그림을 그려 놓은 것 같았다.

모두 아름다운 광경에 그대로 넋을 놓고 바라보았다.

현우가 여기서 힐링한다는 것이 이해되었다.

넋이 나간 아이들 옆에서 현우가 말했다.

"교장 선생님과 마지막 인사를 하기에 무척 낭만적이고 아름답지?"

모두 피식 웃었다.

"야, 오히려 교장 선생님께 이런 곳을 선택해서 고맙다는 말을 들어야 할 것 같은데?"

아이들은 교장에게 마지막으로 하고 싶은 말을 했다.

"교장 선생님, 정말 죄송하지만 저는 교장 선생님을 용서
못 하겠어요. 죄송해요."

"교장 선생님, 저희에게 잘해주셔서 친절하다고 생각했는
데 조금 상처받았어요. 아니, 많이요. 저도 용서는 못 할 것
같네요. 죄송해요."

"교장 선생님, 죄송해요."

민규에 이어 봄이, 지연이가 말했다.

다들 서로의 얼굴을 바라보며 천천히 심호흡했다.

별거 아니라고 생각하려 했지만, 몸은 그렇지 않았다. 꼭
큰 죄를 저지르는 것 같았다. 누군가를 없앤다는 것은 생각
보다 큰 용기가 필요했다. 보석을 바라보니 여러 생각이 들
었다.

아름이가 죽은 것, 보석을 찾던 것, 민규가 보석을 학교에
가지고 갔던 것, 김혜림 선생님과 함께 교장의 동상과 교장
을 물리쳤던 일 등 지금까지 이 보석 때문에 있었던 많은 일
이 떠올랐다.

이제 진짜 이 보석과 작별해야 한다.

온몸이 떨렸다.

"자, 그럼 이제 시작하자."

현우의 손에서 보석이 미끄러졌다. 현우의 손이 땀에 젖어
있었다. 침착한 편인 현우도 긴장한 것 같았다.

"아, 미안해."

현우는 급하게 손을 닦고 다시 보석을 집었다.

손에 잡힌 보석이 무척 단단하게 느껴졌다.

봄이가 숫자를 셌다.

"5, 4⋯."

봄이가 숫자를 세기 시작하자 다른 아이들도 같이 숫자를 셌다.

"3, 2, 1!!"

카운트가 끝나고 손에 있던 보석을 바닥에 세게 집어 던졌다.

절대 부서지지 않을 것 같았던 보석이다. 그런 보석이 바닥에 닿자 산산조각이 났다.

이렇게 쉽게 부서지다니.

허무할 정도였다.

이렇게 쉽게 부서질 보석 때문에 그동안 그렇게 힘든 일들을 겪었다니.

감회가 새로웠다.

보석이 부서졌으니 이제 다 끝났다는 해방감도 들었다.

그때였다.

사파이어 조각이 푸른색으로 빛나기 시작했다.

그 빛들이 하나의 덩어리가 되는가 싶더니 파란색을 띤 한 줄기의 빛이 되어 하늘로 향했다. 정확히 말하면 하늘색과 파란색의 중간쯤 되는 영롱한 빛이 하늘로 향했다.

나머지 보석도 마찬가지였다. 빨간색 빛, 초록색 빛이 하늘을 비추었다.

지연이가 다이아몬드를 봤다. 투명한 반짝이는 빛이 하늘을 비추고 있었다.

보석의 빛들이 땅에서 하늘로 솟아오르는 것 같았다. 네 가지 빛이 하늘에 닿자 엄청난 굉음을 내기 시작했다. 네 가지 빛이 빙글빙글 돌며 커다란 원을 그렸다.

빛이 만드는 원이 점점 더 커지고 빨라졌다. 빛의 속도가 빨라질수록 굉음도 더 커졌다.

빛이 하늘에 닿자 다이아몬드와 루비 조각도 하늘로 올라갔다. 뒤이어 다른 보석 조각도 서서히 하늘로 올라갔다. 보석 조각들이 커다란 빛의 원 안으로 들어갔다.

빛이 더욱더 강하게 빛났다.

이 세상에 어둠이 조금이라도 남아 있다면 다 사라지게 할 것 같았다. 너무 눈부셔서 계속 바라보기 힘들었다.

하늘이 진동했다.

마치 보석 조각들이 하늘을 깨운 것 같았다. 하늘은 잠에서 깬 듯 포효했다.

소리가 점점 커졌다.

하늘도 점점 더 세게 진동했다.

하늘에서 밝은 빛이 비쳤다. 눈이 부셔서 더 이상 하늘을 바라보기 힘들었다. 빛의 밝기만큼 소리도 커졌다.

눈을 감고, 귀를 막았다.

온 세상이 빛으로 뒤덮인 것 같다고 느꼈다.

그때 하늘에서 '펑' 하는 소리와 함께 비명 같은 것이 들렸다.

엄청난 소리였다.

그 소리에 하늘을 보자 하늘에서 부서진 보석의 잔해가 반짝거리며 눈처럼 내려왔다.

처음에 아이들이 부쉈던 것보다 훨씬 작은 조각이 하늘에서 내렸다. 네 가지 색으로 반짝이는 보석 조각이 내리고 있었다. 보석 조각들이 몸에 닿는 순간, 눈이 녹는 것처럼 사라졌다. 보석이 닿았던 곳은 반짝 빛나고는 원래 모습으로 돌아왔다. 동화 속에 있는 것처럼 아름다웠다.

정신을 차려보니 어느새 하늘이 다시 원래의 색으로 돌아왔다. 모두 믿기지 않는 듯 하늘과 주변을 계속 두리번거렸다.

재회

저 멀리 빛기둥이 보였다. 모두 뭔가에 홀린 듯 빛기둥으로 갔다.

빛기둥은 아름이의 무덤을 비추고 있었다.

빛을 보고 있는데 빛기둥 안에서 한 사람이 친구들 곁으로 다가왔다. 그 사람은 아름이었다.

"친구들아. 고맙다."

갑자기 등장한 아름이의 모습에 모두 놀라서 아무 말도 못했다.

곧 눈앞의 사람이 진짜 아름이라는 걸 깨달았다. 친구들은 반가움의 눈물을 흘렸다. 아름이는 조용히 미소를 지으며 친구들을 바라봤다.

오랜만에 만난 아름이에게 눈물을 보일 수는 없었다. 봄이는 눈물을 닦고 조심스럽게 말했다.

"진짜 아름이 맞지?"

친구들 모두 아름이의 대답을 들으려고 귀를 기울였다.

"응, 나야."

봄이는 다시 눈물을 흘렸다.

"너 진짜. 얼마나 걱정했는지 알아."

다른 친구들도 다시 눈물을 흘리기 시작했다. 현우가 억지로 웃으며 말했다.

"다들 울지마. 오랜만에 만났잖아."

"아름아. 너무 보고 싶었어."

지연이가 아름이를 꼭 껴안았다.

"다들 날 걱정해줘서 고마워. 이때까지 너희들 다 봤어. 다들 엄청 멋있더라."

"뭐야. 그게."

민규가 머쓱한 듯 미소를 띠었다. 민규의 반응에 다들 웃었다.

지연이가 할 말이 있는 듯 주저주저했다.

"지연아. 너 나한테 무슨 할 말 있어?"

"아니. 다들 이렇게 웃는 모습 오랜만에 보는 것 같아서."

"그러고 보니, 우리 그동안 너무 안 웃었던 것 같네."

"그럼. 이때까지 못 웃었던 만큼 지금 웃으면 되지. 다섯 명이 함께. 다 같이."

"뭐야. 이봄, 주제에 멋있는 말이나 하고."

민규의 말에 모두 함께 웃었다. 다들 한참 동안 웃고 떠들었다.

아름이가 죽기 전 즐거웠던 때로 돌아간 것 같았다. 이 시간이 영원할 거로 생각했는데. 이제 그런 시간은 다시 돌아오지 않을 것이다.

그래도 지금은 아름이와 함께 있다.

지금이 영원하기를….

각자 자신들의 무용담을 늘어놓으며 즐겁게 시간을 보내다 보니 어느새 헤어져야 할 시간이 다가왔다. 말은 하지 않았지만 다들 이별을 느끼고 있었다. 지연이는 시간이 멈추었으면 좋겠다고 생각했다.

아름이가 말했다.

"나, 이제 가야 해."

다들 아름이를 보내기 싫었다. 아름이가 무거운 분위기를 깨기 위해 활짝 웃었다.

"다들 얼굴이 왜 이렇게 어두워? 괜찮아. 활짝 웃고... 항상 웃으며 지내."

아름이 말에도 아이들은 좀처럼 웃지 못했다.

침묵이 흘렀다.

그 침묵을 깬 건 지연이였다.

"아름아, 우리 이대로 같이 있으면 안 돼?"

지연이가 간절한 목소리로 말했다. 모두 아름이를 쳐다봤다.

"다들 왜 이래, 얼른 가야지."

말하는 아름이 눈에도 눈물이 맺혔다.

저 멀리서 환한 빛이 비쳤다.

"나는 가야 해. 다들 건강하게 잘 있어. 보고 싶어도 조금 참고."

더 이상 말릴 수 없었다.

모두 마음의 준비를 하고 아름이에게 손을 흔들었다.

아름이는 빛을 향해 걸어갔다.

친구들은 아쉬운 마음에 빛 속으로 걸어 들어가는 아름이를 계속 바라보았다.

그런데 빛으로 들어가던 아름이가 갑자기 친구들에게 다시 돌아왔다.

"민규야, 현우야, 지연아, 봄아. 이거 갖고 가. 내 선물이야. 모두 고맙다."

공책과 투명한 유리병이었다.

수학 선생님이 찾던 그 투명한 유리병이었다.

역시 이 유리병은 아름이가 갖고 있었구나.

"이 유리병 안에 있는 건 그동안 실종됐던 애들 영혼이야. 이걸 열어서 그 아이들을 풀어주려고 했는데⋯. 너희가 나 대신 이 영혼들 좀 풀어줘라. 그리고 이 공책은….”

현우가 아름이에게 받은 공책을 열어보려 했다.

“지금 열어보지 말고 내가 가고 나서 봐. 부끄러우니까.”

그 말에 친구들은 미소 지었다.

친구들은 웃는 얼굴로 아름이에게 손을 흔들었다. 아름이
도 친구들의 웃는 모습에 마음이 놓였다.

아름이는 빛 속에서 친구들을 지켜봤다.

‘다들 고맙다. 이제는 웃으면서 살아라.’

아름이는 미소를 띠었다.

친구들의 손에 아름이가 준 투명한 유리병과 공책이 있었
다. 유리병 안에는 투명한 액체가 찰랑이고 있었다.

이 액체들이 그동안 실종된 아이들의 영혼이라니. 그동안
얼마나 힘들었을까.

친구들은 진지한 표정으로 투명한 유리병을 보았다.

“이 영혼들, 우리가 풀어주자. 이현우, 네가 열어줘.”

역시 봄이었다.

현우는 약간 굳은 표정으로 투명한 유리병의 뚜껑을 열었
다. 유리병 안의 액체가 여러 색의 빛으로 변하더니 유리병
에서 쏟아져 나왔다. 빛은 사방으로 흩어졌다. 유리병 안에서
빛이 끝도 없이 나왔다.

얼마나 많은 영혼이 여기에 갇혀 있었을까.

얼핏 보면 불꽃놀이를 하는 것 같이 보이기도 했다. 유리병에서 나온 어떤 빛들은 친구들에게 고맙다고 말하듯 친구들 주변을 몇 번 돌기도 했다. 빛들은 사방으로 흩어졌다. 아마 자기가 원래 있던 곳으로 돌아간 것이리라.

어느새 투명한 유리병이 텅 비었다.

"저 영혼들이 이제 편안해졌으면 좋겠다."

현우는 텅 빈 유리병을 보면서 혼자서 중얼거렸다.

투명한 유리병 속이 텅 빈 것을 보고 민규가 조심스럽게 말했다.

"교장 선생님 죽은 거 맞지? 영혼들도 제자리로 돌아간 거고? 이제 다 끝난 거지?"

다른 친구들 역시 상황이 아직 파악되지 않은 듯 민규의 말을 듣지 못했다. 유일하게 민규의 말을 들은 지연이가 민규를 보며 어깨를 으쓱했다.

엄청난 힘을 가진 보석은 힘없이 깨지고, 그 보석이 하늘로 올라갔다가 눈처럼 내리고, 죽었던 아름이가 나타나고, 실종되었던 아이들의 영혼까지.

어제에 이어 오늘도 한꺼번에 너무 많은 일을 겪은 느낌이 있다.

주변을 살펴보니 풀잎 위에 아직 다 녹지 않은 보석 조각이 있었다. 보석 조각들이 햇빛을 받아 빨강, 파랑, 초록, 투명 등 여러 빛으로 반짝이고 있었다.

현우가 풀잎을 쓱 만지자 보석 조각이 반짝 빛나고 스르륵 사라졌다. 신기했다. 다른 아이들도 풀잎을 만졌다. 아이들이 풀잎을 만질 때마다 보석 조각들이 반짝이며 사라졌다.

"와, 이렇게 아름다운 건 처음 봤어. 평생 못 잊을 거야. 정말로. 너무 아름다워."

봄이는 감탄했다.

보이는 조각마다 만졌다.

민규는 계속 걱정이 되는지 똑같은 질문을 했다.

"야. 진짜 교장 선생님 죽은 거 맞아? 안 죽었으면 어떡해!"

민규의 질문에 봄이가 웃으며 말했다.

"끝났겠지. 확실하게."

민규는 봄이를 바라보며 이해할 수 없다는 표정을 지었다. 현우가 웃으며 말했다.

"뭐…. 나중에 알게 되겠지. 보석도 없어졌으니. 그럼 이제 정말 끝?"

봄이가 웃으며 큰 소리로 말했다.

"응, 정말 끝!"

친구들은 환호를 질렀다.

"와!! 근데 아까 진짜 굉장하지 않았어? 특히 민규가 갖고 있던 초록색 빛이 올라갈 때 진짜 용 같았어! 나 진짜 감탄했다니까?"

현우는 손뼉을 치며 말했다.

"아까 하늘에서 보석 조각들이 떨어지는 거 봤어? 그런 멋진 모습은 처음 봤어. 혹시 아까 하늘에서 큰 소리가 나고 진동한 게 이 보석들을 조각조각 가느라 그런 거 아니야?"

아이들은 현우의 그럴싸한 추리에 감탄했다.

봄이가 씨익 웃으며 말했다.

"근데 교장 선생님을 이렇게 아름답게 죽이다니 뭔가 아쉽네. 좀 더 무서운 방법으로 복수했어야 했는데."

역시 봄이다웠다.

선물

제 할 일을 끝낸 아이들은 아름이 무덤으로 돌아가서 짐을 챙기기로 했다. 분명 새벽에 모였는데 언덕에서 내려오니 벌써 점심시간이 훨씬 지났다.

"아. 배고프다. 빨리 가서 점심 먹자."

아름이의 무덤에 누군가 서 있었다.

지연이가 외쳤다.

"어, 저기 저 사람은…."

그 사람은 아이들은 보지 못하고 아름이의 무덤을 보며 이야기하고 있었다.

"미안. 선생님이 너무 늦었지. 이런 일이 처음이라 선생님도 무서웠단다. 늦어서 미안하구나. 그깟 교장의 영생 때문에…. 너를 지켰어야 하는데. 미안하다."

김혜림은 잠시 묵념했다.

주변의 산새가 김혜림의 마음을 읽은 듯 함께 울고 있었다.

"저 새가 아름이 너는 아니겠지? 보고 싶다 아름아. 다음
에 또 올게."

"선생님!!"

'누구지?'

김혜림은 소리가 나는 쪽으로 돌아보았다.

아이들이 웃으면서 손을 흔들고 있었다.

봄이, 지연이, 민규, 현우 네 명의 아이들이었다.

"너희들 왔니? 왔다가 벌써 간 줄 알았는데."

김혜림의 말에 봄이가 대답했다.

"그게… 저희 아름이를 만났어요."

"아름이를?"

"네."

아이들이 다 같이 큰 소리로 답했다.

밝고 힘 있는 목소리. 거짓말 같지는 않았다.

'진짜 아름이를 만난 걸까? 어디서 만난 거지?'

믿기지 않았다.

김혜림의 생각을 읽은 듯 현우가 말했다.

"믿기 힘드시겠지만 진짜 아름이를 만났어요. 아름이가 우
리보고 고맙다고 했어요. 아, 그리고 이것도 줬어요."

현우가 아름의 이름이 적혀 있는 공책을 김혜림에게 보여

283

줬다.

김혜림이 조심스럽게 물었다.

"혹시 내가 봐도 되겠니?"

"네. 여기요."

김혜림은 연두색 표지에 크게 '송아름'이라고 쓰여 있는 공책을 열어보았다.

공책은 꽤 두꺼웠다.

공책 안에는 아름이와 아이들이 같이 찍은 사진들이 있었다. 다들 그 사진을 보면서 추억에 잠겼다.

밥을 먹으면서 찍은 사진, 예쁘게 차려입고 찍은 사진, 놀면서 찍은 사진, 웃긴 표정을 짓고 찍은 사진 등 많은 사진이 있었다. 사진 속 아이들 모두 밝고 즐거운 얼굴이었다. 사진에는 모두 아름이가 함께 있었다. 아름이도 사진 속에서 밝게 웃고 있었다.

아까 아름이를 만났지만, 사진을 다시 보니 그리워졌다.

"멋진 선물이네. 아쉽진 않니? 이제 아름이를 다시 만나지 못할 텐데."

"진짜 아쉽고 계속 같이 있고 싶어요. 그래도 여기 아름이가 우리와 같이 있으니까 괜찮아요. 아름이가 항상 웃으면서 지내래요. 그리고 이렇게 멋진 선물도 줬잖아요. 아름이가 보고 싶을 때는 이 선물을 보려고요."

지연이가 공책을 가리키며 웃었다.

모두가 같은 마음인 듯 서로 마주 보고 웃었다.

이제는 정말로 아름이를 마음에서 보내준 것 같았다.

"이제 가야지."

"선생님, 배고파요."

민규의 말에 아이들이 웃었다.

"좋아, 오늘은 선생님이 쏜다."

아이들이 신나서 음식을 고르기 시작했다.

자장면, 짬뽕, 떡볶이, 피자, 마라탕, 샤부샤부, 소고기… 평소에 자신들이 먹고 싶었던 온갖 음식이 다 나왔다.

똑같은 음식을 말하는 아이는 하나도 없었다. 온 세상에 있는 모든 음식을 다 말한 것 같았다.

한 명이 먹고 싶은 음식을 말할 때마다 다른 아이들은 그게 가능하냐고 구박했고, 말한 아이는 억울해하며 그럼 네가 더 좋은 음식을 말해보라고 하면서 투닥거렸다.

이러다 오늘 밥은 먹을 수 있을지 걱정될 정도였다.

김혜림은 그 모습을 보며 이 아이들도 일상으로 돌아왔구나 싶은 생각이 들어 마음이 놓였다.

한참 동안 이야기했지만 먹고 싶은 것만 점점 많아질 뿐, 뭘 먹을 것인지 도저히 결론이 나지 않았다.

그래서 가장 공정하다는 다수결의 원칙으로 음식을 결정하기로 했다. 각자 딱 하나의 음식만 이야기하고 거기서 제일 많이 나온 음식으로 고르기로 했다. 한 번에 결정되지 않아 여러 번 손을 들었다.

결국 결정된 음식은 떡볶이였다.

봄이는 자신이 고르지 않은 떡볶이를 먹어야 한다고 떡볶이집에 가는 내내 투덜거렸다. 하지만 떡볶이를 제일 열심히 먹고 있는 사람은 봄이었다.

봄이는 떡볶이에 튀김, 순대까지 주문해서 야무지게 먹었다. 떡볶이를 한참 먹던 지연이가 봄이의 얼굴을 보고 웃으며 말했다.

"봄아, 너 입에 떡볶이 소스가 잔뜩 묻었어."

"어? 어디에?"

"자, 여기 거울."

거울을 본 봄이는 놀랐다.

입가가 온통 빨겠다. 게다가 하얀 상의 여기저기에 빨간 떡볶이 국물이 튀어 있었다.

분명 메뉴가 마음에 들지 않는다고 제일 큰 목소리로 투덜거린 봄이었다.

"헉. 휴지, 휴지…."

봄이는 당황하면서 휴지를 찾았다.

마침 휴지 옆에 앉아 있던 현우가 봄이에게 휴지를 건네주었다. 현우가 건넨 휴지를 받은 봄이의 얼굴이 빨갛게 달아올랐다.

"…고, 고마워."

"어? 봄아, 너 왜 얼굴이 빨개졌어?"

"얼굴이 빨개졌네? 떡볶이 색보다 더 빨간데? 혹시 현우가 휴지를 줘서?"

친구들은 빨갛게 된 봄이의 얼굴을 보고 놀리기 시작했다.

민규가 제일 큰 소리로 놀렸다.

"야! 그럴 수도 있지!"

봄이가 당황하며 큰 소리로 화를 냈다.

봄이의 당황하는 모습을 보고 친구들이 더 크게 웃었다. 휴지를 건넸던 현우도 얼굴이 빨개진 채, 어색하게 같이 웃었다. 그런 현우의 모습을 본 봄이는 얼굴이 더 빨개졌다.

기억

모두 떡볶이를 배부르게 먹고 집으로 갔다.

친구들은 집에 가는 길에 또 끝말잇기 게임을 했다. 이번에도 현우와 봄이가 대결했다.

봄이가 먼저 시작했다.

"사과."

"과망가니즈산나트륨."

방심했는지 끝말잇기 게임을 시작한 지 두 번 만에 봄이가 졌다.

민규가 그 모습을 보고 소리쳤다.

"빰 빠라라라 빠라라 빠빠빠! 두 번 만에 이현우가 이겼습니다! 이현우 승!"

잔뜩 약이 오른 봄이는 지연이를 붙잡고 말했다.

"아니야! 이제 여자 대 남자로 하자!"

"그래! 너희의 대결 신청받아주지!!"

현우가 큰소리쳤다.

다시 끝말잇기 게임이 시작되었다.

처음부터 한방 단어는 사용하지 않기로 했다.

여자팀부터 시작했다.

"거북이."

"이산화탄소."

"소원."

"원숭이."

"이사."

"사기그릇."

이런, 봄이 네가 또 졌다.

현우와 민규가 자랑하는 듯이 브이를 하고 포즈를 잡았다. 봄이는 분하다는 듯이 소리쳤다.

"연습하고 올게…. 딱 기다려!!"

봄이는 화가 나서 어쩔 줄 몰라 했다.

다른 친구들이 그 모습을 보고 웃음이 터졌다. 결국 봄이까지 웃음이 터졌다.

김혜림은 그 모습을 보면서 '이게 진짜 아이들의 모습이지.'하고 생각했다. 아이들의 모습에서 그동안 겪었던 힘들었던 일은 보이지 않았다.

"다들 수고했고, 집에 가서 푹 쉬어."

"선생님, 안녕히 가세요."

봄이와 지연이는 집으로 가는 방향이 같았다.

두 사람은 같이 걸었다.

"오늘 다 피곤하겠다. 너도 집에 가서 바로 쉬어, 알았지?"

지연이의 말에 봄이는 미소를 띠면서 고개를 끄덕였다. 그러더니 뒤로 매고 있던 가방을 앞쪽으로 멨다. 앞쪽 주머니에 손을 넣어 이어폰 줄을 뺐다.

봄이는 이어폰 한쪽은 자기 귀에 다른 한쪽은 지연이의 귀에 끼웠다.

저녁에 어울리는 따스하고 잔잔한 노래가 흘러나왔다. 봄이와 지연이는 아무 말 없이 노래를 들으며 걸었다. 이제는 함께 걷고 이어폰을 나눠 끼어도 어색하지 않았다.

지연이 집에 먼저 도착했다.

지연이는 봄이와 인사하고 집으로 들어갔다. 집에 들어가자 구수한 밥 냄새가 지연이를 반겨주었다.

지금까지 있었던 모든 일이 까마득하게 느껴졌다.

지연이는 신발을 벗자마자 바로 엄마에게 달려갔다.

"엄마!!"

엄마에게 달려가서 엄마를 꼭 껴안았다.

"아이고, 새벽에 나가서 이제 왔어? 얼른 손 씻고 밥 먹어."

아까 떡볶이를 배가 부르도록 먹었지만, 엄마가 해준 밥을 보니 또 식욕이 돋는 것 같았다.

지연이는 자리에 앉자마자 흥분해서 엄마에게 말했다.

"엄마, 엄마, 오늘 나 무슨 일이 있었는지 알아? 그 우리가 가지고 있었던 보석 있잖아. 그게 우리 교장 선생님이랑 이어져…."

엄마가 지연이의 말을 끊었다.

"교장 선생님? 샬라베트 교장 선생님 말하는 거야?"

뭔가 이상했다.

"아니! 엄마. 우리 학교 교장 선생님! 엘리오트 교장 선생님! 샬라베트 교장 선생님이 누구야? 킥킥. 엄마 장난하는 거지?"

"애가 무슨 말을 하는 거야? 엘리오트라는 사람이 누구야?"

그 순간 지연이는 책의 한 구절이 떠올랐다.

'가지고 있는 자 기억하고, 가지고 있지 않은 자 기억하지 못 하리라.'

보석을 가지고 있던 아이들은 교장 선생님을 기억했지만, 보석이 없던 엄마는 교장 선생님을 기억하지 못했다.

엄마뿐 아니라 모든 사람이 교장 선생님을 기억 못하지 않을까?

교장 선생님은 모두의 기억 속에서 완전히 사라졌다.

처음부터 없었던 사람인 것처럼.

"아, 샬라베트 교장 선생님! 맞아, 맞아. 내가 잠깐 착각했나 봐."

지연이는 더 이상 교장 선생님에 대해 이야기하지 않았다.

엄마는 지연이가 이상하다는 듯 팔짱을 끼고 말했다.

"어휴, 너는 너희 교장 선생님도 몰라? 그래서, 아까 하려던 말은 뭔데?"

지연이는 웃으면서 말했다.

"아무것도 아니야."

지연이는 그릇에 남은 밥풀까지 싹싹 긁어 먹었다.

방에 들어가서 바로 침대에 누워 친구들에게 전령을 보냈다.

'혹시 너희들 다른 사람들과 교장 선생님에 대해 이야기해 봤어? 나 방금 엄마랑 이야기했는데 엄마가 교장 선생님을 기억하지 못했어.'

지연이는 전령들이 되돌아오기도 전에 피곤했는지 눈이 감겼다. 마음이 편안했다. 침대 안은 포근하고 따스했다.

'이제… 정말 끝났다.'

스르르 눈이 감겼다. 그대로 잠이 들었다. 마음이 편해서 그런지 한참 잔 것 같았다.

잠에서 깬 지연이의 머리맡에 전령들이 옹기종기 모여 있었다. 친구들도 마찬가지였다.

'야, 우리 엄마도 교장 선생님 기억 못 해.'

'나는 학교 선생님들을 만났는데 학교 선생님들도 교장 선생님을 전혀 기억하지 못하더라고.'

'나는 알고 있었어. 사실은 국어 선생님이 다들 놀랄까 봐 나한테만 살짝 이야기해주셨어.'

교장 선생님은 사라졌다.

교장 선생님이 어디로 사라졌는지는 모르겠다. 그냥 사라진 것이 아니라 모든 사람의 기억에서 완전히 사라졌다.

마치 처음부터 존재하지 않았던 것처럼.

보석을 부술 때 함께 했던 네 명의 친구를 제외하고 교장 선생님을 기억하는 사람은 아무도 없었다. 심지어 같이 교장 선생님을 물리친 김혜림 선생님조차도.

교장 선생님은 어디로 갔을까?

그리고 어떻게 사람들의 머릿속에서 교장 선생님이 그렇게 완벽하게 지워져 버렸을까?

아무도 기억하지 못하므로 아무도 알 수 없다.

새로운 시작

...여기까지가 내가 쓴 책의 내용이다.

우리가 겪었던 이 일을 사람들이 믿을지, 그 이야기가 재밌을지 모르겠다. 하지만 우리의 이야기를 많은 사람에게 알리고 싶었다.

우리 아이들이 어떻게 소중한 친구의 죽음을 의미 있게 만들었는지, 아름이를 죽게 만든 그 교장이 우리 소중한 아이들에게 무슨 일을 했었는지도 함께 알리고 싶었다.

또 그 교장 때문에 희생된 많은 아이를 위로하고 싶었다.

아무도 교장을 기억하지 못한다. 하지만 그렇다고 해서 교장에게 희생된 아이들은 다시 돌아오지도 못한다. 그 아이들이 이대로 잊히길 바라지 않았다.

이렇게 그 아이들의 이야기를 다룬 책으로라도 그 아이들을 기억하고 위로하고 싶었다.

하지만 이 책을 다 쓴 나 역시 교장에 관한 내용은 전혀 기억나지 않는다. 아니, 아예 내 기억 속에 엘리오트 교장에 대한 기억이 전혀 없다. 내 기억 속의 아멜리아 교장은 샬라베트 교장뿐이다.

교장과 관련된 이야기를 쓸 때 아이들에게 도움을 받았다. 아이들은 내가 기억하지 못하는 엘리오트 교장에 관한 내용을 이야기해주었다.

아이들의 이야기를 들으면서 이 책을 완성했다.

나는 아멜리아를 그만뒀다.

아이들의 이야기를 쓰면서 그 학교에 더 있을 수는 없을 것 같았다. 나뿐 아니라 많은 선생님이 아멜리아 마법 학교를 그만두었다.

특히 수학 선생님은 자기 행동에 대해 크게 반성하고 자신이 영혼을 뺏은 아이들의 집에 찾아가서 일일이 사과하고 있다고 한다.

수학 선생님도 아마 충격이 컸을 것 같다. 다행인지 불행인지 아이들의 가족들은 아이가 수학 선생님 때문에 영혼이 뺏긴 것이 아니라 사고를 당했다고 기억하고 있었다.

국어 선생님은 그 뒤로 어찌 되었는지 소식을 듣지 못했다.

국어 선생님은 이제 자기 소임을 다 했으니 편안한 마음으로 소멸을 기다리고 있지 않을까?

나는 아이들의 이야기를 쓴 작가가 되었다.

작가는 나쁘지 않은 직업인 것 같다.

뭐, 온종일 혼자 있어야 해서 좀 심심하긴 하지만.

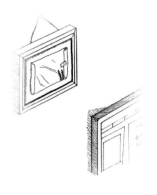

딩동.

초인종이 울렸다.

"누구세요?"

"작가님, 저희 왔어요."

문을 여니 아이들이 있었다.

"오랜만이네요. 김혜림 작가님."

민규가 씨익 웃으며 말했다.

작가님이라니, 물론 내가 아이들의 이야기를 담은 책을 쓰고 있지만 내가 가르쳤던 아이들에게 '작가'라는 말을 들으니 기분이 묘했다.

이 아이들에게는 '작가님'보다는 '선생님'이라는 호칭을 듣는 것이 더 익숙한 느낌이다.

현우가 물었다.

"작가님, 저희의 이야기를 담은 책은 잘 쓰고 계십니까?"

"그럼, 마침 다 썼는데 읽어볼래?"

"네."

* * *

송아름이 세상을 떠났다.

그냥 말 그대로다. 송아름은 이미 이 세상에 없다.

기획 후기

애들아, 우리 소설 써보지 않을래?

첫 시작은 다소 무모했다.

책을 출간까지 해 보니 글을 쓰고, 수정하고, 책 한 권을 만들어내는 고됨이 있었으나 책이 세상에 나왔을 때의 뿌듯함과 보람은 그 무엇과도 비교할 수 없었다.

교사 기질이 발동했다.

이 뿌듯함과 보람을 아이들에게 알려주고 싶었다. 소설을 쓰기 위해서는 소설을 알아야 하니 소설을 읽는 방법에 대해서도 생각할 수 있으리라 생각했다.

자율 동아리를 모집했다. 자율 동아리는 원래 학생이 자율적으로 만드는 동아리인데, 교사가 자율 동아리를 만들어 학생을 모집하다니 뭔가 좀 잘못된 듯했지만, 뭐 어떤가, 아이들이 책만 만들면 됐지.

　소설은 원래 대부분 소설가 1인이 쓴다. 책들을 찾아봐도 작가가 여럿이면 앤솔로지인 경우가 많았다. 그런데 소설에 대해 잘 모르는 우리가, 소설을 나눠서 쓰기로 한 것이다.
　약간 무모한 성격인 나는, 안 되면 어쩔 수 없지, 하는 마음으로 아이들에게 1주일에 A4 2페이지씩 5주 동안 글을 쓰라고 했다. 매주 수요일 2페이지씩을 냈는지 확인하고 독촉했다.
　10명가량의 아이가 모여 글을 다 쓰면 100페이지가량의 글이 모일 것이고, 그 정도면 책이 될 거로 생각한 것이다.
　지금 생각해봐도 참 무모하다.

　소설의 구성에 대해 먼저 이야기해야 할 것 같아 소설 이론을 설명했다. 소설을 쓰기 위한 동아리가 아니라 문학 수업을 하는 듯한 착각도 들었다.
　그동안 소설을 분석하기만 해봤지, 소설을 써본 적은 없었다. 아이들도, 나도 처음 써보는 소설이었기에 시작 단계에서 시간이 참 많이 걸렸다.

　소설의 갈래와 설정은 아이들에게 맡겼다.

아이들끼리 한참 의논하더니 판타지 소설을 쓰겠다고 했다. 무난한 소설을 쓸 줄 알았는데 판타지 소설이라니, 당황스러웠다.

아이들을 만류하려고 말을 꺼냈더니, 자신들은 조앤 롤링에 버금가는 판타지 소설 작가가 되겠다고 한다. 조앤 롤링처럼 유명해져서 베스트셀러 작가가 되겠다고.

그 야망이 멋있었다.

그래, 너희의 생각이 그렇다면 믿어보자. 그렇게 판타지 소설을 쓰기로 했다.

그런데 아이들의 글을 받고 보니 참 난감했다.

아이들마다 문체가 다 달랐고, 갈등을 극적으로 드러내야 하는데, 그렇지 못했다. 또 누구는 요약하듯 소설을 쓰고, 누구는 지나치게 수식어를 넣어 글이 과했다.

나도 소설을 써보거나 소설 쓰기를 배우지 않은 국어 교사일 뿐이라 이론은 알겠으나, 실제 소설 쓰기는 어려웠다.

초보와 초보가 만나 글을 다듬고, 다듬었다.

우선 문체를 통일시켜야 했다. 교사인 내가 해야 공정할 것 같았다. 방학 내내 아이들의 글을 읽으며 문체를 통일시키고, 과도한 수식은 지우고, 부족한 부분은 채웠다.

여럿이 하다 보니 서로 이 부분은 쟤가 쓰겠지. 하고 미뤄

둔 부분도 있었다. 이 부분들을 채우고, 대화를 만들고, 등장 인물 하나하나에 생명을 더했다.

잘 썼는지는 모르겠지만, 최선을 다했다고 자신 있게 말할 수 있다.

소설이 완성되자 정식으로 출간하고 싶었다.

진짜 서점에서 팔리는 소설책이 되어 아이들에게 내가 출간하면서 느꼈던 보람을 느끼게 해주고 싶었다. 아이들에게 '작가'라는 이름을 달아주고 싶었다.

그러나 현실의 벽은 높았고 시장은 냉정했다. 투고 거절 메일이 쌓였다.

아무리 봐도 이 정도면 잘 쓴 것 같은데, 그렇게 시장성이 떨어지나 싶어서 자존감도 점점 꺾였다.

자존감이 바닥을 칠 무렵, 몽실북스 대표님과 귀한 연이 닿았다. 우리 이야기를 들은 대표님께서 아이들의 꿈을 위해 소설책을 출간해주겠다고 하셨다.

아이들에게 이 기쁜 소식을 전했다. 아이들은 신나서 크게 소리를 질렀다.

계약서를 받자 더욱 흥분했다. 아직 미성년자들이기에, 부모님의 동의가 필요했는데, 아이들의 말이 부모님들도 무척 좋아하셨다고 한다.

이렇게 몽실북스 대표님과 많은 분의 무수한 도움으로 중
학생 아이들이 마법같이 '작가'로 등단하게 되었다.
열심히 글을 쓴 우리 학생들, 소설을 같이 읽으며 여러 의
견 내주신 우리 학년 교무실 선생님들, 무엇보다 이 원고를
받아주시고 출간으로 이어지도록 노력해주신 몽실북스 관계
자분들, 그리고 이 책을 읽어주시는 독자분께 진심으로 감사
드린다.

아멜리아 학교에서 생기는 마법처럼 우리의 삶과 이 책을
읽은 모든 분에게 마법 같은 일이 생기기를 바란다.

2022년 12월
우리에게 마법이 찾아오길 바라며
배혜림

아멜리아와 네 개의 보석

1판 1쇄 인쇄 2022년 12월 18일
1판 1쇄 발행 2022년 12월 25일

지은이 · 강민서 김다해 박소영 방이현 배혜림 백승희
　　　　서은서 서진영 성우석 송민준 유서현 이민하
그　림 · 서경윤
발행인 · 주연지

편집인 · 석창진 **편집** · 박영심
기획 및 지도 배혜림
디자인 · 김지영
마케팅 · 허은정

펴낸곳 · 몽실북스 **출판등록** · 2015년 5월 20일(제2015 - 000025호)
주소 · 서울 관악구 난향7길52
전화 · 02-592-8969 **팩스** · 02-6008-8970
이메일 · mongsilbooks@naver.com
네이버 포스트 · post.naver.com/mongsilbooks_kr
인스타그램 · instagram.com/mongsilbooks

ISBN 979-11-89178-72-7 (03810)

몽실북스에서는 작가님들의 원고를 기다리고 있습니다. 자신만의 이야기를 책으로 만들고
싶다 하시면 언제든지 mongsilbooks@naver.com으로 연락처와 함께 기획안을 보내주세
요. 몽실몽실하게 기대하며 기다리겠습니다.